蒲松龄像

聊斋正房

蒲松龄印章

齐鲁人杰丛书

主编 任继愈 副主编 乔幼梅 邹宗良 贺立华

志异圣手——蒲松龄

马瑞芳 ◯ 著

山东教育出版社
济南

图书在版编目（CIP）数据

志异圣手——蒲松龄 / 马瑞芳著 . —济南：山东教育出版社，2015（2024.4重印）

（齐鲁人杰丛书 / 任继愈主编）

ISBN 978-7-5328-9170-2

I. ①志… II. ①马… III. ①传记文学 – 中国 – 当代 IV. ①I25

中国版本图书馆CIP数据核字（2015）第249135号

QILU RENJIE CONGSHU

ZHIYI SHENGSHOU——PUSONGLING

任继愈 主编

齐鲁人杰丛书

乔幼梅 邹宗良 贺立华 副主编

志异圣手——蒲松龄

马瑞芳 著

主管单位：山东出版传媒股份有限公司

出版发行：山东教育出版社

地址：济南市市中区二环南路2066号4区1号 邮编：250003

电话：（0531）82092660 网址：www.sjs.com.cn

印 刷：山东华立印务有限公司

版 次：2015年4月第1版

印 次：2024年4月第2次印刷

开 本：787毫米×1092毫米 1/32

印 张：6.25

插 页：2插页

字 数：107千

定 价：38.00元

序

任继愈

山东教育出版社要出版一套《齐鲁人杰丛书》，这是一件很有意义的事。

我们的祖国是一个有着悠久历史和辉煌文化传统的文明古国，而山东则是中华文明的发祥地和重要地区之一，在中华民族的形成和发展史上做出了应有的贡献。近年来的考古发现已经证明，早在几十万年以前，“沂源人”就生息、繁衍、劳作在这块土地上，他们生活的年代与“北京人”大体相当。进入新石器时代，这里先后出现了后李文化、北辛文化、大汶口文化、龙山文化和岳石文化，形成了前后衔接的史前文化的完整序列，这在其他地区是十分少见的。

山东为齐鲁旧邦。西周初年齐鲁两国的建立，把西方周文化带到东方，与东夷文化相结合，造成新的文化优势，为后来秦汉以后的邹鲁、燕齐文化奠定了基础。齐与鲁对当时中国的政治、经济、军事、文化、科技等各个方面都产生了重大而深远的影响。孔子生于鲁国，

他的思想学说不仅影响了中国，还影响到世界，成为世界人民共同的精神财富。此后孟轲、荀况发展了孔子的学说。鲁人墨翟是平民出身的政治家、科学家。孔墨两家成了战国时期的显学。孔墨之外，春秋战国时期的齐鲁地区人文荟萃，名家辈出，政治家如齐桓公、管仲、晏婴，军事家孙武、孙膑、田单，史学家如左丘明，工程技术专家鲁班，天文学家甘德，医学家扁鹊等。齐国稷下学宫，倡百家争鸣，大大地促进了学术文化的繁荣与发展，成为一时的学术中心。

下逮秦汉，中国进入大一统的封建社会。齐鲁文化博大精深的传统不断发扬光大，在此后两千年中，先后出现了公孙弘、诸葛亮、刘表、王导、王猛、房玄龄、刘晏、丘处机等政治家，彭越、羊祜、王敦、秦琼、王彦章、戚继光、邢玠等军事家，邹阳、东方朔、王粲、孔融、刘桢、徐干、左思、刘峻、刘勰、王禹偁、李清照、辛弃疾、张养浩、康进之、高文秀、谢榛、李开先、李攀龙、兰陵笑笑生、蒲松龄、孔尚任、王士桢等文学家，王羲之、王献之、颜真卿、李成、张择端、焦秉贞、高凤翰、刘墉等书画家，郑玄、王弼、刘熙、臧荣绪、邢昺、于钦、马骕、张尔岐、孔广森、郝懿行等经学家、史学家、文字学家，氾胜之、刘洪、王叔和、何承天、贾思勰、燕肃、王祯、白英、薛凤祚等科学家。几千年来，人才辈出，灿若繁星。

进入近代，山东地区的历史发展呈现出两个十分鲜明的特点。一是灾难和压迫深重。1840 年鸦片战争之后，随着中国社会殖民化程度的加深，先是帝国主义教会势力侵入山东，后是日、英侵占威海卫，德国侵占胶州湾。二是压迫越是深重，反抗越是激烈。山东人民不屈不挠，前仆后继，进行了艰苦卓绝的反侵略、反封建斗争。山东人民反“洋教”的巨野教案，威海人民反抗英军侵占威海卫的斗争，高密人民的反筑路斗争，宋景诗领导的黑旗军起义，曲诗文领导的抗捐抗税起义，捻军和山东抗清武装击败清亲王僧格林沁的壮举，都是山东近代史上可歌可泣的壮丽篇章。面对帝国主义瓜分中国的狂潮，阎书勤、赵三多等率先举起了“反清灭洋”的大旗，直至发展为声势浩大的义和团反帝爱国运动，更是写在中国近代历史上光辉的一页。

1919 年的五四运动是由山东问题引起的，山东人民则是这一运动的前驱。随着马克思主义的传播，王尽美、邓恩铭等建立了山东共产主义小组，山东成为全国建党最早的省份之一。抗日战争爆发后，在民族危亡的历史关头，山东党组织领导了冀鲁边、鲁西北、天福山、黑铁山、牛头镇、潍北、徂徕山、泰西、鲁东南、鲁南、湖西等抗日武装起义，山东军民创建了我党领导的山东战略根据地，山东大地上成长起了范筑先、张自忠、任常伦等民族英雄。在解放战争时期，山东人民参军参战，

支援前线，配合华东解放军粉碎了国民党反动派的全面进攻和重点进攻，当时在山东境内发生的孟良崮、莱芜、济南、淮海等一系列重大战役的胜利，都直接地推动和影响了中国革命和中国历史的进程。

山东是一块有着悠久文化传统和光荣革命传统的土地，是一个英杰辈出的地方。作为一名山东人，我深以在故乡的土地上出现过一代又一代的文化名人和仁人志士而感到骄傲和自豪。《齐鲁人杰丛书》以文学传记的形式，将他们中的杰出人物介绍给广大读者，他们坚韧不拔、克服困难的精神给人以鼓舞，他们各具特色的人生经历和杰出贡献给人以启发。我们诚挚希望这套丛书能在弘扬祖国的传统文化，增强民族凝聚力，推进祖国的现代化建设中起到积极的作用。作为本丛书的撰写者，切盼得到广大读者的指正，以便作为今后进一步改进的依据。

目　录

引　言

蒲松龄生活在清初，经历平淡无奇，除短期到南方为朋友做幕宾之外，终生乡居，做寄人篱下的家庭教师。既没有王维式优哉游哉山居写诗的闲适；也没有苏东坡屡被贬官，从京城到海南的丰富阅历；更不像曹雪芹从钟鸣鼎食到卖画为生……蒲松龄是个普通读书人。读书、教书、写书六字，基本可概括这位伟大作家的一生。

中国古代短篇小说有文言和白话两种形式。文言短篇小说有两个高峰，一个是多位进士参与创作的唐传奇，一个就是秀才蒲松龄的《聊斋志异》。几十年白首穷经而自认一事无成的聊斋先生以这部盖世奇文风靡了全球，使他从仅可容膝的“聊斋”走向世界。其思想锋芒和艺术天才璀璨放光。

《聊斋志异》是以深刻批判目光透视整个封建社会的书。风雨飘摇，动荡不安，“官虎吏狼”，黑白颠倒，以丑为美，百姓命如草芥，封建道德和秩序在土崩瓦解……蒲松龄以“鬼狐史”的艺术形式抒写正直知识分子的磊块愁，他笔下，有真实的人物，有历史传说人物和神灵，有幽冥世界和梦幻世界，更有人鬼交替、人妖转换，既是驰想天外的搜奇志怪，又是沧海桑田的真实人生，既是离奇之至的虚构，又是真切之极的现实。对优美爱情的热情讴歌和女性形象的创造，是该书最富魅力之处。大自然的花鸟虫鱼，想象的狐鬼仙妖，都被作家创造成为可爱的女性形象并衍生出曲折动人的爱情故事。黄英（菊花)、香玉（牡丹)、绿衣女（绿蜂)、阿纤（田鼠）……鬼女晚霞、聂小倩、小谢、梅女、窦氏，狐女娇娜、婴宁、小翠，神女翩翩、云萝公主……早就是中国普通百姓耳熟能详的人物。崂山道士对王生的教育、种梨和偷桃的民俗描写，早在 19 世纪就传到了欧美，聊斋的艺术魅力和小说艺术，使得其作者获得了“世界短篇小说之王”的美誉。而用“好学深思，正直不阿”八个字，可概括聊斋作者平凡又伟大的一生。

丰　碑

侯宝林说相声时幽默地说，“世界最大的城市”是山东淄博。

淄博，位于山东中部，到淄博者当然要参观蒲松龄故居。

还没到故居，已强烈感受到蒲松龄的存在。

从淄博火车站一出站门，一座古代人物大理石雕像向人们致意。

为现代化城市守大门的老头儿，是17世纪专写“野狐禅”的小说家蒲松龄。

市中心路是条可以并开六辆汽车的路，叫“柳泉路”。“柳泉居士”，是蒲松龄的号，“柳泉”是蒲家庄最具有特点的景物，而“居士”带些许寂寥意蕴，跟他出生时胸前那块标志“病瘠瞿昙”转世的胎记有关。

沿着柳泉路进入淄川区，可以看到一个人工湖，叫“留仙湖”。留仙，是蒲松龄的字，鲜明表露了作家希望脱离恶浊凡俗进入理想境界的审美趋向。

然后汽车拐入跟柳泉路一样宽敞的“松龄路”，《聊斋志异》作者的名字再次变成了都市的康庄大道。

从“松龄路”再拐，就到了一个极特殊的村庄：蒲家庄。

说特殊，因为这个小小的村庄竟然建造了类似于迪士尼乐园的“聊斋宫”：庄东浓浓绿阴中，澄澄碧湖上，一座大约十层楼高的琼楼横空出世。它以《席方平》和《罗刹海市》为构思主线，创造海底、天宫、阴世三大时空，糅合了聊斋最有代表性的故事。聊斋宫采用国内外最先进的科技手段，现代化的彩塑，电影特技，灯光音响，逼真而奇妙地活化了《聊斋志异》神鬼狐妖的艺术世界。从波浪式台阶走下去，两旁“海水”波动，蚌女起舞，人好像在海水里走动，进入龙宫，龙王嫁女的场面华丽优美。由龙宫进入阴森恐怖的鬼门关，由奈何桥进阎王殿，鬼哭风号，群魔乱舞，十八层地狱的酷刑活灵活现，恶鬼在披上美女画皮，女尸在狂风暴雨中立起，席方平被锯为两半后，仍然不屈，终于在天宫找到了说理的地方，上帝派二郎神来惩办上至阎王下至城隍的贪官污吏……聊斋宫用汉白玉和花岗岩精雕细刻而成，气势恢宏又剔透空灵，是蒲松龄后人集资数千万建成。

说蒲家庄特殊，还因为在中国各地的村庄越来越现代化时，蒲家庄是个仍然保持、或者说有意识保持清代建筑风格和民俗的小村庄，庄外有护村的城墙，庄内狭窄小道旁仍然是茅草房。这种当年曾进入诗圣笔下、中国传统盖房材料的茅草，在别的村庄早已为红瓦代替，其实它才是真正的“绿色房屋”，不用任何化学材料而且冬暖夏凉。穿过路旁皆是清代建筑的百米小街，来到一个古色古香的小院门前，数株古槐枝繁叶茂，蓊蓊郁郁，这似乎把周围的空气都染绿的古树大概就是当年蒲老先生舌耕归家拴小毛驴的地方？进入月洞门，迎面数茎太湖石潇洒而立，院内几处相当讲究的房子是纪念作家展室，都不是茅草房，而是阔气的瓦房。这纪念一位穷酸作家的建筑，绝非那位被纪念的作家所能拥有，当年蒲松龄可没有这么大的地盘，他跟兄弟们分家时，只分到场屋三间，等到他的孩子长大需要增盖房时，因为经济困难，他盖几间草房简直难于起百丈楼。

只有沿碎石甬路进入第二个月洞门，才看到当年蒲松龄住过的小草房。

砖地竹顶的“聊斋”，迎门挂着郭沫若先生的著名对联：

写鬼写妖高人一等，

刺贪刺虐入骨三分。

对联中间，是清代画家朱湘鳞的蒲松龄画像，下边

有蒲松龄亲笔题词：

> 尔貌则寝，尔躯则修。行年七十有四，此两万五千余日所成何事，而忽已白头？奕世对尔孙子，亦孔之羞。康熙癸巳自题。
>
> 癸巳九月，筠嘱江南朱湘鳞为余肖此像，作世俗装。实非本意，恐为百世后所怪笑也。

蒲松龄认为自己是个长得很丑的大个儿，活了七十五岁，一事无成，将来愧对后代儿孙。他的所谓“世俗装”就是贡生装。蒲松龄终生在科举路上拼搏，最后得到的“功名”就是对白头读书人算作“安慰赛”的贡生，这贡生服留在了作家留下的唯一的画像上。他的儿子蒲筠坚持要老父亲这样做，蒲筠肯定认为这最能说明老父亲的人生价值。蒲松龄却担心这“世俗装”会为后世所笑。

历史常常跟人开玩笑，你想走进这个房间，却走进了另一个房间。当年蒲筠视之为十分重要的贡生，似乎看作父亲人生最重要成就的贡生，现在确实只让我们觉得可笑亦复可悲：千年科举制造就了多少进士、举人？他们现在有多少人还活在历史中或人们心中？何况一个小贡生？

蒲松龄却仍然活着，越来越精彩地活着，越来越在更大范围内活着，决不因为他穿过贡生的世俗装，而因为他是世界短篇小说之王！

《聊斋志异》现在有多少种版本包括考证类和注释翻译类？难以尽数；

《聊斋志异》现在有多少种普及读本包括孩子们看的连环画？车载斗量；

《聊斋志异》现在有多少种外文译本？到 1995 年为止，有十八个语种；

《聊斋志异》改编了多少戏剧？说不清，川剧的聊斋戏最多，大约五十余种，梅兰芳大师演过“牢狱鸳鸯”即《胭脂》，台湾、香港、大陆都改编过聊斋电视剧……

淄博向全世界出口的陶瓷和琉璃产品，把聊斋故事作为画面的永恒主题：工艺师在千奇百怪的琉璃制品上，在脸盆大的、常常作为礼物赠送各国领导人的刻瓷挂盘上，在半个手掌大内画壶的小小方寸间，巧夺天工地制作几百年来中国家喻户晓的爱情故事画面：

美丽的狐女红玉救助冯相如；

多情的鬼女聂小倩为了心上人从坟墓走回了人间；

仙女翩翩剪蕉叶为衣，收白云做絮，为郎君做棉衣；

牡丹花神和耐冬花神，一个是黄生之妻，一个为黄生之友；

大自然花鸟鱼虫变幻出的各样少女，跟人间男子恋爱……

并非男欢女爱的故事也给工艺家提供了想象奔驰的天地：

一个汉子尴尬地长了一身鸭毛，这是对他偷吃了邻居鸭子的惩罚；

另一汉子脑袋在墙上碰个鸭蛋般大包，这是崂山道士对不劳而获者的教育；

穿官服者虎首人身，其随从是狼，叼了人来给当官的充饥，“官虎吏狼”；

席方平在地狱被锯为两半；

马骥幸运地成了海龙王的女婿……

这些画面，制作在高档工艺品上，漂洋过海，走向世界。

蒲松龄在《小二》中写到少女小二如何在陶瓷工业生产中，寻找到自已的地位，改变了家庭中男女的地位，说明女性经济地位的提高才能在家庭中带来真正的男人和女人的平等。几百年后，创造小二形象的作家的精神寻求变为一个城市的支柱性工业产品，一位小说家的文学作品竟然能够给一个中等城市的经济带来繁荣，真可谓文学史和经济史上的双重奇迹。

蒲松龄在世时，最大的苦恼就是白首穷经、困顿终生，贡生而已，也就是说，做够了秀才的年限后得到了一个“安慰”性功名，对于年过七十的书生，已经没有出仕做个小官儿的实际意义，该得的四两贡银，也被县令拖欠不给。为了还债，蒲松龄只好几次上呈要求县官兑现这四两银子。而给乡绅之家做私塾教师大概可以得

到每年十六两左右银子的报酬。简直没法想象大作家可怜巴巴向县官讨四两银子的尴尬！

世界上任何一个作家都不能像蒲松龄这样：

意识形态变为强烈实在的经济存在；

幻想形式成为真实有趣的现实景观；

生前至为寂寞，死后无比荣光。

雨果在巴尔扎克墓前说：

> 这不是黑夜，乃是光明。这不是终局，乃是开端。这也不是虚无，而是永生。你们听我说话的一切人，我不是说到真理了吗？像这一类坟墓才是“不朽”的明证。

盖世奇文《聊斋志异》，是蒲松龄“不朽的明证”。

少年得志

淄川是个山清水秀的山邑，古名“般阳”，意即般水之阳。般水自县东南峪河头发源，随山势回环，向北流去，河水澄碧，游鱼可数，两岸芦荻萧萧，鸥翔鹤鸣。般水旁是杨柳依依的官路，临水的村舍树木葱郁，翠竹森森。般水流至龙口庄，有双泉自地下涌出，一泉温暖如春，一泉寒气逼人。双泉之水汇入般水，流向淄川古城。此段河水，冬季东温西冷，夏季西温东凉，乡民称之为“温凉河”。般水流至县东，被一道拦水坝一截为二，一股绕淄川南门流向西，一股绕东门流向北，两股水环流县城后，并入孝妇河。

孝妇河，就是《水经注》里说的“陇水”。它中贯淄川县，过田越垄，接纳般水、萌水、嫩水河、白泥河，北注入海。在丰收

的时节，孝妇河上鱼丰蟹肥，一条一条的渔船，一网一网泛着银光的大鲤鱼，河滩上，青草如茵，牧童在吹着芦笛，村姑在青石上浣衣，乡村炊烟袅袅，鸡鸣犬吠……

蒲松龄出生的村庄，后因蒲姓占据绝对优势，更名为“蒲家庄”，当年他出生时，这个村名为“满井庄”，因庄东有个涓涓不竭、自满而溢的清泉而得名。满井又名“柳泉”，泉深约数丈，四周有青石围绕，泉水清冽异常，酿酒可得美酒，沏茶增加清香。泉水四季不竭，水流满泉眼后，宛转曲折，自流成河。坐在树下，俯首观泉，只见远处的青山像米粒一样，倒映在河水中，细看时，或见青峰撑起白云青天，或见峭壁如削，怪石如齿。柳泉边有棵年已数百的古树，两个人才能环抱，古柳岁久中空，因靠近甘泉，依然枝繁叶绿。满井周围，绿柳飘拂，溪水两岸，嫩柳迎风，河边是南北通道，来往行人喜欢到柳泉边停留。冬天泉边青石上晒得温乎乎，坐在上边晒太阳，聊闲天，流连忘返；夏天，太阳火辣辣地照着大地，人们走到泉边，坐到树下，泉水冷森森，树下风飕飕，仿佛天气突然变凉了。柳树下一缕一缕漏下的阳光，已经丧失了灼热的力量，树上“知了知了”的叫声，令人昏昏欲睡，于是，人们久久不愿离去，三五成群，在树底下讲些鬼狐神怪的故事……

淄川是个充满文化氛围的小城，许多著名文人居住

过的小城。最不缺的，就是各种奇异的传说和故事。

城东有座黉山，山中间有座绿瓦雕甍的雄伟殿堂，这是汉代大儒郑康成教授门人的“郑公书院”。院内古木参天，绿荫覆地，院门外下临山涧。郑康成曾经在黉山一块大大的山岩上刊刻诗书，这块石头就叫作“晒书台”，晒书台下的草像绿色的彩带一样飘拂着，在风中散发阵阵的香气，人们把这香草叫“书带草”。

传说在黉山白云出没的山峰上，有一个仙人洞，里边藏着神谷，仙人数年晒谷一次，谷子落于山坡上，转眼功夫就会发芽、抽穗、变黄。这种“回头黄”的谷种只有运气特别好的人才能得到。仙人洞的仙女还会养蚕，以便供织女织锦，有个农家少女拾到一条蚕，拿回家后，变成了金蚕！

黉山山后有座梓潼山。山涧淙淙，冲刷着涧底青墨相间的石头，石头上还有铜屑似的花纹，宋代大文豪范仲淹留恋这山清水秀的梓潼山，曾结庐于此，他到青州做官后，还让人到这里来采集石头，做成了著名的“范公砚”。梓潼山上还有一个神奇的山洞，是古代高士鬼谷子隐居的地方，苏秦和张仪都曾经在这儿听他讲学，鬼谷子说：你们都来讲一讲，谁能讲得我流泪，谁就可以下山帮助人主打天下。

苏秦口若悬河，雄辩滔滔，讲得五十个同学都为之泪下，讲得鬼谷子也受到感动。鬼谷子放他下山，随后，

张仪也走了。合纵连横的好戏从此开始。

苏秦的墓在淄川县西，不远处有庞涓墓。庞涓和孙膑斗法，孙膑用增兵减灶法大破魏兵，庞涓兵败后只好自杀。韩国赵国的兵士都恨透了残暴的庞涓，与齐国士兵争夺庞涓的头，齐兵夺得了庞涓的头，埋在了淄川县西。墓西边的村庄从此改名叫“将军头”。

与“将军头”相连的小山叫作“奂山”，平缓的山坡上寺观一处接一处，绿树红墙，殿宇巍峨，清泉岔流，时见奇花异草，天气清明之时，可以在奂山看到海市蜃楼：烟霞郁丽，松柏苍秀，城阁峻整，楼树台阁之间，时有行人出现……

淄川县西南甲山远连岱麓，山路幽石嶙峋，其山顶却平整如镜，可容千人，名叫“夹谷台”。当年孔子担任鲁国司寇时，陪着鲁定公到夹谷台与齐侯相会，夹谷台上金甲列阵，旌旗飞舞，煞是好看。甲山之东，昆仑山连亘十几里，如翠屏罗列，成为淄川的一道屏障。昆仑山旁的大奎山，山势险峻，依天而立的峭壁上，有个硕大的铁环，人们传说：洪水到来时，古人就是在那里拴船呢！昆仑山后，重重叠叠的山峦，数也数不尽，画也画不完，层峦散霭，卷碧飞青，绵延二百里，跟五岳之首的泰山山脉相连。

在淄川这块古老而文明的土地上，世世代代许多劝善惩恶的传说广为流传，例如：“老实哥哥”和“乞丐孝

子”的故事。

据《淄川县志》记载：在一条大沟边，有座仅容二人的石洞，有天，天色近晚，骤雨急至，一个青年男子进洞避雨。他刚坐下，一个美丽的少女接踵而至，地方狭小，少女只好紧挨着男子坐下。山风呼啸，电闪雷鸣，瓢泼似的大雨下了整整一夜，青年男子端坐终夜，目不斜视，也不跟少女交谈。雨声滴滴答答，山洪呼呼啦啦，长夜已过，青年男子仍然泥塑木雕一样。雨停了，东方露出鱼肚白，少女起身离开山洞，在晨光中向男子道万福：“您可真是个老实哥哥啊！”乡民敬佩青年男子的高洁和善良，在石洞边雕了他的像，名曰：“老实哥哥庙”。

淄川县西有个跛脚乞丐，事母至孝。他讨饭得到食物，必定先让母亲吃，自己饿极了，也不肯先吃一口。有一天傍晚，乞丐要到一点儿食物后，急忙往家赶。突然，阴云四合，暴雨将至，路边有个古庙，乞丐惦记着倚在门边盼望自己归来的老母亲，不肯到古庙休息一小会儿再走。强支残躯，一跛一拐，汗流浃背。“雷声滚滚，大雨将至，你怎么不进庙休息一会儿再走?”路边一位老人问。此时，乞丐已走不动了，将讨饭筐衔在嘴里，手脚并用向前爬，听到此问话，他头也不回，也没法回答。

老人又大声地叫他，他把筐放到地上，恭恭敬敬地回答说：“老娘在家等着吃东西，我在这儿休息，她老人

家岂不饿坏了?"

老人说:“快进庙,我帮你治脚,你岂不就跑得快了?"

乞丐不肯,说:“我脚跛多年,仓促之间怎么可能治好?"

老人硬是把乞丐扶进庙中,帮他掐足、捏腰,乞丐觉得一股热气从老人的手贯向自己全身……老人将他拉起,将要饭筐塞到他手中说:“快跑!不要回头!"

乞丐归家心切,未及思考,已经跑出一里多路,才突然想起:我怎么能跑了?急忙回头找老人,一点儿影子都没有。他回到家,跟母亲倾诉,母亲感叹说:“这就是天佑孝子啊!"

……

类似的故事,车载斗量、俯拾皆是,这些九曲回肠的故事,神奇瑰丽的传说,千百年来遐迩闻名、妇孺皆知。终于,在这个风景秀丽、景色宜人的小山城,诞生了中国古代志怪小说的集大成者,世界短篇小说之王——蒲松龄。

淄川,不仅是蒲松龄的出生地,而且是他度过毕生时光的地方,也是他的长眠之地。淄川的山山水水,风土人情,奇闻轶事,给了蒲松龄无比深厚的滋养,历代口耳相传的美丽的民间故事,借助天才作家的笔,成了风靡中外的聊斋故事。

1640年，是个大灾之年，开春以来，山东地面上，几个月没下一滴雨，土地裂得像一片一片的乌龟壳儿。稀稀落落的麦子，像癞痢头一样，叶子打着卷儿，上边落满尘土，干瘪的麦穗儿几乎为骄阳烤干……求雨台子到处都搭过，龙王庙前香烛供成山，天上还是没有一点儿云丝风片！

上一年就因为天灾，收成不好，青黄不接之际，粮价飞涨，乡民们吃野菜，摘树叶，采尽了榆叶，连又苦又涩的柳叶、槐叶、楸叶都捋下来充饥，到处都是剥净了树皮的树，遍地是面有菜色的饥民，因吃有毒的野菜，脸肿得发亮。能逃荒的人早就跑掉了，不能逃的只好卖儿卖女卖妻子，区区三百铜钱就可以买到一个年轻妇人。人肉明码标价：比牛羊肉便宜得多，连坟墓里的死尸也有人扒出来吃了。

山东淄川城东七里之遥的满井庄，住着一位商人，叫蒲槃，他曾经读过很多书，年轻时，他钻研应制文求闻达，在科举考试中没收获，就渐渐喜欢上陶渊明，为求生计，弃文经商，白天取蝇头之利养家糊口，夜晚仍点灯攻读，一些饱学秀才也比不上他的学问。他的长子死了，他认为是自己做善事不够，便立愿，修庙塑神，周贫济困，曾经把自己在村东的一片地施为关帝庙膳田。在灾荒之年，他按日向穷苦村民舍米。没多久，他又有了两个儿子。蒲家的人传统地认为，这叫善有善报。

四月十六日夜，蒲槃做了个奇怪的梦：一个病病歪歪的和尚，斜披着袈裟，踉踉跄跄地走进了蒲家北房。蒲槃有一妻二妾，北房是嫡妻董氏的卧室。蒲槃惊讶不已地看着这个走进自己内室的和尚，只见他那瘦骨伶仃的胸脯上贴块铜钱大的膏药，蒲槃很是纳闷：你一个出家人，怎么随随便便跑到平民百姓内眷的房子啦？

婴儿呱呱而啼，使蒲槃从梦中猛醒。原来，董氏生了第三个儿子！

月亮斜过了南厢房，静悄悄地照着窗外在风中摇摆的树影，窗下洗儿的家人发现：婴儿胸前，有块铜钱大的青痣！蒲槃发现：这块痣的位置、大小，跟他梦中所见病和尚胸前贴的膏药一模一样！莫非这个孩子是个病和尚转世？……蒲槃疑惑不已，按照以“龄”为儿子命名的惯例，他将这第三个儿子取名“松龄”。

中国古代伟大的短篇小说家蒲松龄在苦难的岁月来到了人间。至于蒲松龄字曰“留仙”，号曰“柳泉居士”，世称“聊斋先生”，则是他弱冠著书立说后才有的。

中国古代文学家的诞生，总会得到富于浪漫主义气息的描绘：李白是其母梦太白金星入怀而生，所以名“白”而字曰“太白”；陆游之母晁夫人临盆前梦到了秦观（字少游），故给儿子取名为“游”，字“务观”；跟蒲松龄同乡、位居司寇的王士祯，则被宣传为高丽国王再世……蒲松龄却没有他们这般神奇，这般高贵。关于他

出生的故事，一开始就蒙上一层凄凉落寞的色彩。按他的记载，他就是父亲梦到病和尚后出生的，所以，他自己说：他小时经常生病，大人本来担心他不能长命，长大后，门庭冷落得像座和尚庙，冷冷清清地靠笔墨耕耘，也真好比托钵求化的僧人。所以他常常自己琢磨：莫非我真的是个面壁人再生吗？

不管蒲松龄父亲这段梦境是真是假，“面壁人再世”、注定一生清苦之说，确实是作家身世的感慨。蒲松龄出生在社会最黑暗、最动荡的时期，也可以算是明清之交的社会转型时期。其漫长、贫寒、不得不寄人篱下做家庭教师的一生，让他比起中国古代曾经出仕的文人，包括诗圣杜工部，都更加接近、了解普通老百姓的疾苦，因为，他本来就是普通老百姓中极普通的一员。

1640 年，即明代崇祯十三年，是个动乱年月，明王朝内忧外患，风雨飘摇：李自成和张献忠起义已经足够让北京城的崇祯皇帝伤透脑筋，脑后拖辫子、本来是游牧民族的军队又在关外虎视眈眈……四年后，中国历史上又一个由少数民族建立的封建王朝，将开始长达二百余年，并将中国拖入半封建半殖民地社会的统治……1640 年前后，山东百姓的灾难更是一波未平，一波又起：

1638 年，即明崇祯十一年，清崇德三年，蒲松龄出生前两年，皇太极派兵攻明，从临清渡过运河，进入山东，攻占济南，明德王被俘，山东城池被攻破五十多处，

掳良民四十六万之众，劫金银百万两。

1641 年，即明崇祯十四年，清崇德六年，蒲松龄不到两岁时，皇太极派炮兵轰炸锦州，明朝名将洪承畴带十三万精兵救援，皇太极断其粮道，歼明军五万余人，洪承畴只剩下残兵败将万余人，被围松山，五次组织突围不成，兵败被俘。同年十一月，清兵攻陷蓟州，转至山东，连破八十余城，杀明宗室鲁王，俘获人口三十六万，牲畜五十五万余头，回师路经北京，腐朽的明军无力阻拦，放其回到盛京。

短短三年间，清兵两次扫荡山东，杀人百万，所到之处，烧杀掳掠，鸡犬不宁。清兵入关定鼎于北京后，各地抗清起义风起云涌，清朝统治者惶惶不可终日。山东人民的起义尤引人注目。1644 年兖、沂、邹、滕农民抗清队伍有几十支，最大一支达数万之多，他们建营立寨，攻城略地，五兵火器，样样俱全，旗帜上大书标志李自成义军的“闯”字，清兵望风披靡。同一年秋天，李自成的御旗鼓赵应元在青州杀死清朝招抚史，再次举起义旗，登、莱、青三府人民群起响应，声势浩大。1646 年，鲁东义军攻克高宛、长山、新城等县……清朝不得不抽调大批兵力对山东人民起义进行灭绝性镇压。清朝廷对山东人民的多次血腥屠杀，可与屠城十日的扬州相比。

在古老文明的般阳山城，在秀色可餐的满井泉边，

在改朝换代的风风雨雨中，耳濡目染离奇古怪的社会动乱，少年蒲松龄成长起来。

蒲槃因为家中人口越来越多，无力请塾师来教儿子们读书，就亲自教子，蒲松龄幼年身体特别虚弱，大人们没有让他早读书。据其后人记载，他十一岁时才由父亲亲自“开蒙”，也就是说，蒲松龄十周岁才开始念书。开始无非是认字临帖，读《三字经》《千字文》《百家姓》《唐诗三百首》，渐渐转入读四书五经，特别是学写应制文（八股文），蒲松龄天资聪颖，过目不忘，学业进步很快。

其实，少年蒲松龄真心喜欢八股文之外的学问。他最爱《庄子》《列子》《李太白集》，还有《史记》中的《游侠列传》，这些书中天马行空的想象以及驾驭人生的博大气魄，让少年蒲松龄得到极大满足。他也从古人的诗词歌赋中汲取滋养。因为家中藏书有限，蒲松龄就采取抄书的办法，把他喜欢的诗词一笔一画地抄录下来，现今蒲松龄故居还保存着他手抄的一些古人诗歌：如沈约、庾信、鲍照描写明月的诗句。由此可以想象，蒲松龄是如何博采广收，在知识的海洋中游弋。

蒲槃弃儒经商后，家境渐渐富裕，蒲槃为人忠厚，大手大脚，喜欢为公众事业出力，存不下多少钱，邻里中的无赖，族中强梁之辈常常借钱不还，或东偷西摸，发生财物争执时，强梁者在门前高声叫骂，蒲槃相信

“让人一步天地宽”，遇到这种事，惟闭门塞耳，敬鬼神而远之。幼小的蒲松龄觉得父亲未免有点儿软弱，与自己心目中的英雄豪杰很不一样，但又发现，父亲在乡里之中很有威信，族内发生了什么冲突，常常来找父亲判明是非，父亲的话常常让争执双方言听计从。蒲松龄于是又很愿意做父亲这样忠厚待人的长者。

蒲家的人虽然喜欢津津乐道他们这个家族是元代般阳路总管的后裔，说洪武年间淄川的秀才有多少多少个是出自蒲家，其实蒲家祖上并没有多少人能够金殿对策，蒲松龄只有一位叔祖做过玉田县令，他是个孝子，他的事迹被写进聊斋故事《梦别》中。蒲槃自己连秀才都没中，只好把金榜题名的希望寄托在儿子身上。

“万般皆下品，唯有读书高。”是中国古人的信条。

读书为什么？宋代《劝学文》说：

读读读，书中自有黄金屋；读读读，书中自有千钟粟；读读读，书中自有颜如玉。

古代人认为，人生最大喜事莫过于：

久旱逢甘雨，他乡遇故知，洞房花烛夜，金榜题名时。

读书为了做官，做官就有一切。

“唯有读书高”，说穿了，是唯有做官高。

高官厚禄的诱惑，使千百年间的读书人千军万马挤上求仕的独木桥；

高官厚禄的诱惑，使许多有才能的读书人在八股文中沉醉终生烂如泥；

高官厚禄，曾使得部分读书人成为既能为国为民建功立业，又能写诗作赋、著书立说如苏轼、欧阳修、范仲淹式的“文章太守”；

高官厚禄，也使另一些本来颇有才能的作家变成了专门写歌功颂德诗文的“台阁诗人”，如明代的“三杨”（杨荣、杨溥、杨士奇）和李东阳；

求高官厚禄不得带来的失落，或本能地跟取士制度保持相当距离，更使得一些有叛逆思想的读书人对这个封建社会基本制度拿起了批判武器。

从隋文帝开始，统治者为了扩大政权的阶级基础，建立了分科取士的制度，后称科举制。以考试成绩作为选拔官员的主要依据，为每个读书人带来了“朝为田舍郎，暮登天子堂”的希望。这个制度还未及完善，短暂的隋朝就灭亡了。唐代承袭了这个制度并发展为进士科和明经科。到宋代，科举制度更加完善，形成了三级考试制，进士科成为最主要科目。考试形式上逐步完善了锁院（将考试人员与外界隔离）、糊名（考生名字密封）、誊录（有专人将答卷抄录后再进行评阅）等系列保密措施。到了清代，科举制度沿袭明代，更加完善：

科举考试分三级进行，即考取秀才、举人和进士的考试。童生通过县试、府试、道试（也称省试，由各省

学政主持的考试）才能取得秀才（当时叫博士弟子员）的资格。秀才参加每三年在省城举行的乡试，取中者称为举人。举人参加在京城举行的会试、殿试，取中者称为进士。殿试成绩分为三甲，一甲三名，第一名“状元”，第二名“榜眼”，第三名“探花”，分甲授官，一甲官正六品和从六品，可入翰林院，也算进士出身的二甲和赐同进士出身的三甲，都是授七品，派做地方官。

秀才、举人、进士，成为科举制主要“台阶”，人们认为中进士是读书人最光荣的事儿，形容为“独占鳌头”“一登龙门”“蟾宫折桂”。至于“大魁天下”成为状元并被皇帝招为女婿，恐怕多半要从传奇小说和戏曲里边找了。

读书人求功名首先要“进学”。京师设“国子监”，各省有府学、县学。没功名的读书人不管多大年纪都得叫“童生”。童生参加科举考试考中秀才后，入府学或县学读书。考中秀才后并不意味着马上可以参加举人考试。秀才要由提学使主持岁考，取录前二等可以参加乡试，四等以下轻则斥责，重则“革去衣巾”。

科举考试的文体为八股文又称“应制文”，考试题目必定出自《四书》《五经》。八股文有固定的写作和书写格式，文章都必须分为“破题、承题、起讲、入手、起股、中股、后股、束股”八部分，有严格的字数限制，不得少于三百字，不得多于七百字。写这种文章不能有

独立的观点，必须是“代圣贤立言”之作，要揣摩圣贤口气写作，思想上对圣贤亦步亦趋，形式上绳捆索绑，这显然是一种束缚人的创造力、想象力的文体，但读书人舍此，则永远无法进入官场。

中国古代文人中，蒲松龄、曹雪芹、吴敬梓可算得上对科举制深恶痛绝者。他们因求功名不得或压根就对功名没有多大兴趣，而以毕生精力磨一书从而创造出世界文学史上的名著。那么，科举制是否一定阻止大文学家出现？功名和名作是否不可兼得？却未必。苏轼、汤显祖、王安石都是进士“正途”出身。著名诗人贺知章、王维、张九龄、陈亮、文天祥、杨慎、康海……都是状元。进士兼作家的名人中，除唐代之外，小说家很少。这似乎可以说明，诗文跟八股文比较相近，小说与八股文离得最远。

蒲松龄迈进科举之路时，著名诗人施闰章（字“愚山”）到山东做学政。

清初文坛盟主王士祯对清初诗坛重要诗人有“南施北宋”之说，“北宋”即山东莱阳人宋琬；“南施”即安徽宣城人施闰章。施闰章自幼勤奋好学，顺治六年中进士后，先任刑部主事，后出任山东学政。施闰章著有《学余堂文集》《矩斋诗话》《矩斋杂记》，写过不少好诗，例如《浮萍兔丝篇》写战乱中，有个山东士兵因为跟妻子失散了，就抢了个民妇带着南征，不料有一天路遇一

人，站在路旁呆呆地盯着他的后妻看，最后凄惨地说："这妇人是我原来的老婆啊！我们夫妇缘分已断，我已另买妻子，咱们两家一起见见面，从此分手吧！"一见之下，那山东士兵发现，被买的妇女竟然就是自己原来的妻子，于是两家四人抱头痛哭一场后，交换妻子分手。这首叙事诗写战乱中百姓夫妻不能自保的悲惨遭遇，委婉动人，在清初描写人民疾苦的诗歌中占有重要位置。

这位关心人民疾苦的诗人做了学政后，留下不少爱才如命的佳话。

有个名士参加考试，试题是"宝藏兴焉"，意指宝藏在山间，这位名士却误为水下，洋洋洒洒写了下去，到要交卷时，才发现审错了题，自认为此次肯定落榜无疑，就在卷末写了首词自嘲：

宝藏在山间，误认却在水边。山头盖起水晶殿，瑚长峰尖，珠结树巅。这一回崖中跌死撑船汉，告苍天，留点儿蒂儿，好与友朋看。

不料，施闰章看了这文不对题的答卷和卷末的自嘲词，却分外喜欢，不仅大笔一挥取中了这个考生，还提笔在考生自嘲词后和了一首词：

宝藏将山跨，忽然见在水涯。樵夫漫说渔夫话，题目虽差，文字却佳。怎肯放在他人下？尝见他，登高怕险，那曾见，会水淹杀？

这位考生的词意是自嘲张冠李戴、文不对题，肯定

没希望考取了，只能留个话柄儿，让朋友们开心了！学政大人却认为考生虽然题目审错了，文字却写得花团锦簇，何以见得就不会写关于水的文章？这样有才能的考生忍心让他落榜？……爱才如命的学官对考生简直是救星！

顺治十四年（1657 年）蒲松龄最好的朋友张笃庆参加秀才考试，在八股文考试后，施闰章宣布：有诗赋特长者，可以各展所长。

初生牛犊不怕虎，十六岁的张笃庆大胆地请求学政大人命题。

施闰章命以《画牛》为题。

张笃庆挥笔立成，上呈学政大人。

施闰章览罢张笃庆的诗，十分高兴，立即“面许采芹”。（意即当面说：“你考中秀才了！”）

顺治十五年（1658 年），蒲松龄参加秀才考试，成为他一生最辉煌的时刻。

全县第一！

府考第一！

接着是学政大人施闰章主持的考试。

试题是《蚤（早）起》《一勺之多》。

蒲松龄《蚤起》的“首艺·起讲”这样写：

尝观富贵之中皆劳人也。君子逐逐于朝，小人逐逐于野，为富贵也，至于身不富贵，则又汲汲焉

伺候于富贵之门，而犹恐其相见之晚。若乃优游晏起而漠无所事者，非放达之高人，则深闺之女子耳。

这段话的大意是：

求闻达求富贵实在是件最累人的事儿！大人物在朝廷上尔虞我诈，一般人在市面上你抢我夺，都无非是为了“富贵”二字。有些人，自己还没有富贵，却像哈巴狗儿一样伺候在富贵人家的门前，就怕见晚了！至于早上睡个懒觉儿自由自在无所用心者，不是把名利都看透的高人就是深闺的女性了！

寥寥数语，就把追名逐利者的丑恶嘴脸生动精彩地描写出来。这种对世情刻骨而尽象的描写，颇有点儿像明代小品文高手宗臣的《报刘一丈书》，这是小说家才有的生花妙笔，并不符合八股文的要求。如果蒲松龄遇到一个头脑冬烘的考官，他未必能欣赏这样的文字。但，主考官偏偏是极有才能又爱才如命的大诗人！施闰章兴奋地写下了这样的评语：

首艺空中有异香，下笔如有神。将一时富贵丑态，毕露于二字之上。直足以维风移俗。（次，）观书如月，运笔如风，有掉臂游行之乐。

施闰章欣赏对人生世态的栩栩如生描写，认为蒲松龄把一时的富贵丑态活灵活现在“蚤起”二字上。他还欣赏蒲松龄那绝不呆板猥琐的文笔，认为，文章简直可以让人高兴得甩着胳膊游玩去！

于是，蒲松龄又被学政大人取为第一！

十九岁的蒲松龄在科举考试中旗开得胜，一路顺风，淄川县志留下了这样的记载：蒲松龄县府道三试第一，“文名籍甚”。

蒲松龄兴高采烈地进入了科举的征途。因为三试第一而雄心勃勃的他当然不会想到，秀才，竟然是他这位立志出将入相者五十年一贯制的“功名”！他为了继续前进一步吃尽了苦头，费尽了心力，到七十岁为止，却始终未能再前进一步！

蒲松龄的恩师施闰章三年学政任满后，又担任了江西参议，分守湖西道。他经常以“体仁”为本讲学，新淦地区有一对兄弟因为家产打得不可开交，听施闰章讲演敬父母爱兄弟的道理后，兄弟二人抱头大哭，一起去向施闰章伏地请罪。施愚山的政绩很好，湖西地区城都残破，“盗匪蜂起”，民怨沸腾，施闰章亲自跑到山中安抚这些好汉，在力所能及的范围内施以仁政，他因此得到了个外号：“施佛子”。临江有条环城而流的江，其水至清，老百姓说这水清得像“使君”（施闰章），干脆把江更名为“使君江”。康熙初年，施闰章辞官回乡，湖西一带人民挽留不住，倾城而出送施闰章到江上，因为他的行李太少，重量抵不住风浪，老百姓就纷纷去买石膏为施闰章做压船石。老百姓自动捐钱，在当地盖了一个纪念他的“龙岗书院”。

江西对这位清官留下很多优美的传说：

峡江有猛虎伤人，施闰章写文章祝祷，感动得老虎自己投堑而死；

天旱时“施佛子”求雨就可以求来甘霖……

关于施闰章的最有名传说，是蒲松龄所写学政大人智断迷案的故事：

《聊斋志异·胭脂》是个曲折动人的真实故事，杀人真凶终于被缉拿归案，实在赖于学政大人的聪明才智。少女胭脂喜欢书生鄂秋隼，邻妇王氏表示要为二人牵线，不久，胭脂之父被夜闯其宅者所杀，胭脂就认为是按约定前来与之相会的鄂生所为。县官武断地认定书生鄂秋隼杀人并屈打成招；此后，知府吴南岱机智地断定杀人者是假鄂生之名前去调戏胭脂的宿介；宿介向学使鸣冤，学使看到宿介的申诉立即说：此生冤也！他认为，此案十分复杂，李代桃僵，李代为误，桃僵亦屈，凶犯另有其人。施闰章采用心理战术，令杀人真凶毛大落网，眼看就要斩首的宿介得以生还，胭脂与鄂生的婚事也被有佛子之心的学政大人成全。……

蒲松龄对于这位赏识自己的伯乐，终生深怀知遇之恩和依恋之情，在《胭脂》的“异史氏曰”中，他写道：

愚山先生吾师也，方见知时，余犹童子，窃见其奖进士子，拳拳唯恐不尽，稍有冤抑，必委曲呵护之。曾不肯作威学校，以媚权要。真宣圣之护法，

不止一代宗匠。衡文无屈士而已也。而爱才如命，尤非后世虚应故事者所及。

十九岁在县、府、道三试第一的蒲松龄踌躇满志地走上这条一般读书人都要走的求仕路，一条拼搏终生而毫无建树的路，荆棘丛生的路。

苦读和舌耕

淄川深山中，有个“青云寺”，寺内有七十多间房舍，传说，有许多名人，都曾在这个寺内苦读，成名之后，才离开这个寺院。淄川人民口耳相传；蒲松龄在成为秀才之后的最初几年，曾经在青云寺苦读，希望能一飞冲天。

青云寺在淄川西南五十里的盘山中。“盘山”为群山总称。寺建于群峰环绕的山谷中。寺北，唤鹅顶紧靠寺北峰，像一架屏障，严严密密地挡住了北风。山上，绿荫蔽日，古木参天。青云寺就建于这座山崖前。寺西有个“月牙山”，山如其名，以葱绿的两翼环抱寺院。再往西，群山拥翠，山云相连，松涛声喧。寺南，九纹山崇岗峻岭，直上千尺。寺北峰与九纹山之间，有座直上直下、高约

数丈的断崖，名曰“观星台”，崖上有棵歪脖子古树，崖旁有几株高大的枫树，年深日久，数人方能环抱。深秋时，山坡青松苍翠，崖前枫叶如火。观星台正对着峡谷，清晨，最早一抹阳光，先照在歪脖子古树上；傍晚，落日在歪脖古树上留下最后一线光明。

当地百姓津津乐道：蒲松龄总是于清晨、傍晚，携书读于“观星台”。

从观星台向北，下至沟底，又是别一洞天。清溪之上，有石桥飞架，桥上桥下，古槐苍郁。它们撑开帐幕一样的暗绿枝叶，遮盖着石桥。过了石桥，登上十几级台阶，便是额题“青云寺”的南大殿。殿由大青砖砌成，绿瓦覆顶，殿内是磨砖地面，画梁雕栋，两侧供着四大天王。穿过南殿进入寺院内，可以看到两棵名贵的灰柏松巍然立于北大殿两侧。北大殿高达数十丈，气势雄伟，供奉的如来佛、十八罗汉栩栩如生。殿前灰柏松四季常绿，春季开花，散发着清幽的香气。院中一大片桂花和元皇树，绿如浓黛，每到秋季，千万朵桂花开放，极浓极浓的香气洋溢在整个山谷。从附近的山上望去，青云寺好像笼罩在氤氲祥云之中。每到八月初八，远村近郭的乡民扶老携幼，呼朋唤友，到青云寺赶庙会，看桂花。蒲松龄喜欢在这块清静佛地挑灯夜读，也喜欢看摩肩接踵来赶会的村民，听他们讲各地的奇闻轶事。

青云寺前，有一口嵌于山洞中的清泉，泉水冬暖夏

凉。因为寺前有一条曲曲折折的小路通往济南府，过往行商，赶考士子，都喜欢在这里休息。

抱着飞黄腾达的愿望，蒲松龄在青云寺听晨钟暮鼓，对黄卷青灯，胼手胝足地苦读了一个阶段……

物以类聚，人以群分。蒲松龄与几位好友，多半是少年得志的秀才，如张笃庆及其弟弟张锡庆和张履庆，还有李希梅、王鹿瞻等组成“郢中诗社”。

张笃庆，字历友，是蒲松龄的终生挚友，他家住昆仑山下，其曾祖张至发官至内阁大学士。其父亲却连举人都没考上，又被人诬告窝藏青州剧贼，一场官司打下来，家产几乎丧尽。张笃庆十四岁就跟父亲学写诗，十六岁在施闰章手下中秀才，二十岁时已经写过二百余首乐府诗。曾经得到大诗人王士祯的欣赏评点。

李希梅，字尧臣，是一位好金石、不爱功名的读书人，家中有大量藏书，居处跟蒲松龄十分接近。

王鹿瞻也是蒲松龄的好朋友，但他在蒲松龄的一生起到的却是另外一个作用：因为惧内成了聊斋故事的原型，此是后话。

蒲松龄《郢中诗社序》明确说明，他们这些读书人聚合到一起写诗的缘由：作为读书人，掌握八股文并以此取得功名是最主要的事情，而诗歌属于“魔道”，是分外之物。但是饮酒、喝茶，是每个读书人都会有的事。

他与这几位朋友，经常在一起喝茶谈天，一谈就是一天。他们想：好朋友聚会，不可以只是这样闲谈，遂决定组成一个小小的诗社，聚会时写诗。这样做，可以在志向上互相勉励，学问上互相激励，于自己的学业也可以稍有帮助。

几位年青读书人即使聚到一起写诗也考虑到要对“学业”也就是“正途”有所帮助。他们的志向当然是封建时代读书人的志向，因为在八股取士的社会中，读书人不在这方面用力，就永远没法进入官场，也就没法实现报效国家的愿望。不能取得功名富贵，就无法迈入上层社会，实现光宗耀祖的理想。

蒲松龄的诗集中没有留下当年郢中诗社的诗歌。从他的朋友张笃庆《昆仑山房诗集》中，可以看到当年这些郢中诗友的生活：

他们以“山左风流客”自居，优哉游哉，因为他们都是少年得志的人，不到二十岁都中了秀才，家庭生活也没有多少困难，他们经常结伴到济南游玩，也常常在孝妇河上泛舟。在明媚的月夜，清风徐来，水波涟漪，皎洁的蓝天上挂着一轮圆月，片片荷花溅落在秀才们的身上，小船惊起一只一只水鸟，张笃庆写诗说蒲松龄“自是神仙人不识”，说李希梅“同舟李郎亦风流”。而蒲松龄把张笃庆比作张良。互相以高山流水的知音相许。在这些诗酒自娱的日子里，他们有时也因为没能进入乡

试或乡试失败而互相写诗发一些怀才不遇的牢骚，但是他们都没有想到，一时的“不遇”正是他们终身不遇的开始，这是两位风华正茂的秀才做梦都没有想到的。

李希梅相比于张笃庆，少一些功名之心，他更感兴趣的是金石学问。康熙三年（1664 年），他热情地邀请蒲松龄住到自己的家里一起读书。李家清静的环境，丰富的藏书，对蒲松龄很有吸引力，他高高兴兴地接受了朋友的邀请。两个好朋友白天在晴窗下，夜晚在明烛下，认真读书、互相切磋。蒲松龄的《醒轩日课序》生动地描写了这段读书生活，这篇汉赋式文章，采用设问式写法，“客”向作者发难，作者回答。其大致意思是：

> 李希梅跟我为信义之交，康熙三年，他约我到他家一起读书，我欣然接受。白天分头坐到明亮的窗下，夜晚一人对着一支明烛，两个好朋友互相勉励：一定得读出个名堂来！
>
> 时间过得很快，一下子几年过去了。各种家事占用了一些时间，大寒大暑停读了一些时间，生病生灾又用去了一些时间。回想这些年读熟了的书，写的好文章，竟然没有多少！
>
> 有朋友因此就挖苦我们一事无成。我面红耳赤却强词夺理地说：谁说没有进步？早读晚诵，出语惊人，半年功夫，好文章就受到大家称赞。学问一天一天进步，算是我们的功劳吧！

朋友说：时间过得这么快，你却没有在功名上前进一步！李郎为人聪明，是老天善待他，你有什么本事呢？你整天学书法，跟王羲之、柳公权相比，仍然一个天上一个地下；天天念文章，学到韩愈、欧阳修哪些本事？非但不自责，还自我感觉良好！你多不知羞啊！

我惭愧得一句话也说不出来，心里窝囊极了。真心地说：这确实是我的错误啊！

我想：朋友帮助当然不是难事，但这忠告毕竟太少了，这难道不是我前进不快的原因？

恰好这时，外甥赵晋石也在这儿一起读书。他说："这样不好吗？您每天定一个计划，看一本书，就记下来；背诵一篇文章也记下来，读一篇圣人之作，记下来，写一篇应制文，临摹一张字帖，也记下来。每天都有每天的计划，哪一天完不成计划，哪一天没有收获，就感到羞愧，就汗流浃背，这样还能不进步吗？"

我豁然开朗说："好啊！就这么办！"

……

蒲松龄刚考中秀才那几年，因为生活在父亲羽翼之下，所以有几年安定的读书时间，到兄弟分家，蒲松龄担起家庭生活重担，日子就日益艰难。

蒲松龄兄弟四人都是读书人。两个哥哥都是秀才且

相继在院考中考到前二等，成为享受官学补贴的庠生。长嫂韩氏和二嫂黄氏，却是两个典型的泼妇。蒲家的内乱就跟这两位女人有紧密的关系。

蒲松龄的妻子刘氏出身于书香门第，其父刘国鼎跟蒲槃在年轻时有文字来往，当蒲槃为自己的三儿子向刘家求亲时，有人曾劝说刘国鼎：蒲家很穷，最好不要把女儿嫁到他们家。刘国鼎却说：听说他们经济虽不宽裕，却有读书人的门风，何况松龄知道上进，跟这样的人结亲，有什么坏处？

刘氏十一岁时，跟年长三岁的蒲松龄订婚。两年后，因为听说要选民间女子入宫，家里凡有十来岁女孩者，都惶惶不可终日，恐怕女儿给选进那个民族不同的深宫之中，永难相见。许多人急急把女儿嫁出去或聘出去，刘家的女儿既已定亲，就干脆把女孩送到婆家住，躲避“选美”风波。刘氏到了蒲家后，白天随董氏学做家务，晚上就随老太太住。董氏十分喜欢这个柔顺的小姑娘，当作亲生女儿一般疼爱，这样生活几个月，选民女入宫的谣言消失，刘氏才回到了自己的家。

两年以后，蒲松龄与刘氏结婚。刘氏为人朴实温和，沉默寡言，只知道好好干活，不会巧言令色，也不喜欢传老婆舌头。因为为人勤快又不多言多语，很得婆母欢心，总在人前人后地夸奖她，说三儿媳为人懂事、能干，有一片赤子之心。蒲家的二位嫂子本来不是省油的灯，

她们精明自私，工于心计，能说会道，抓尖要强。最喜欢进东家、串西家地传一些闲话，因为婆婆喜欢刘氏，她们就扭成一股绳来跟刘氏作对，她们先是说婆婆偏心，总是把好吃的好用的好穿的给刘氏，还像影子一样地整天盯梢，看婆婆是不是给刘氏私房？家务上应该几个人分担的活儿，她们总是借口孩子小或有病，躲在房里，把活儿都推给刘氏干，甚至捕风捉影，说婆婆和刘氏的坏话……家里实在闹得不像话，蒲槃生气地说：这样的家还能住得下去吗？干脆，给兄弟四人分了家。

这一年，是康熙四年。头一年春天，麦子快秀穗时，突然下了霜，收成不好。这一年更是春旱数月，不仅麦子没有收成，连秋田也没种上，灾荒严重。蒲松龄本来在李希梅家读书，因为妯娌纷争，不得不中止学业，在父亲的主持下，跟哥哥弟弟分家。这个家分得很不公平，两个哥哥都分到了宽敞向阳、高大结实的住房，都是自成一院，炊屋、放杂物的闲屋一应俱全。各房妻子娘家陪送的家具各归各，属于祖传的家具，无非是些桌椅板凳和农具之类，两个精明的嫂子挑肥拒瘦，把好的尽数儿搬到自己家里。蒲松龄分到三间破破烂烂的场屋，家具、农具都是破烂不堪，两个嫂子还在那儿为一草一木争吵，刘氏却像傻了一样，一声不吭。

蒲松龄夫妇沉默地带着五岁的儿子蒲箬，住进了村西头的场屋中。

这场屋本来是蒲家看庄稼、堆柴草的所在，盖得十分简陋。年深日久，四周墙皮脱落，屋顶的茅草朽败，摇摇欲坠。三间破草房孤零零立于村西头，连个院墙也没有。屋内尘泥渗漉，屋外杂草丛生。刘氏自己动手除去杂草和荆棵。没有院门，就向堂兄借来一块旧门板安上。门窄得只能容一人出入，家里的人出门时，遇到有人进门，就先躲到门后边，等来人进来后再出去。

分家时，蒲松龄一家三口人分得八斗粮食（一百二十公斤）和二十亩薄地。粮不足半年之用，田地因天灾几近于荒废，却要按规定纳税。柴米油盐，全要自己操持，哪儿还有可能再到李希梅家读书？功名没有到手，又不想走父亲的老路弃儒经商，青年蒲松龄感到了生活的艰难。

当时没有走入仕途的读书人，除了少数官绅子弟，自谋衣食的出路无非是两条：或者卖文为活，替不识字的乡亲写婚丧嫁娶的应酬文章，得一些微薄报酬；或者包揽词讼，从中得利；或者，干脆替做官的朋友亲戚做幕宾。蒲松龄还是相信“片纸不入公门”的老传统，他替乡亲写过一些应酬文章换得少量的报酬以糊口，这收入极不稳定，于是，“我为糊口耘人田”，过起了“舌耕生涯”。

蒲松龄开始了将近五十年的私塾教师生活。

那时，做私塾教师有几种：有的，在自己家中开童

蒙馆，收几个学生，以学生的“束修”（即学费）养家；有的，由一个村里共同出资办学并供给先生，就像《儒林外史》中没有发达的周进；有的，则是一个家庭或一个家族请一位先生住到家里来教自己的子弟。蒲松龄从二十余岁开始，就到离家四十里的王村教童蒙馆，以后，岁岁外出“游学”，今年到这家，明年到那家，年年过了元宵节号书上学，直到腊月二十三“小年”放学回家。这种生活就像他在《闹馆》中借主人公和为贵的口自嘲：

君子受艰难，斯文不值钱，
有人成书馆，便是救命仙。

蒲松龄常年在外，刘氏带了儿子，守在三间荒凉的场屋里。三间旧房，朽败不堪风雨，暴雨来临时，外边下大雨，里边下小雨，户外风飒飒，屋内门也响，窗也叫，雷雨交加时，更加可怕，蚀空的房梁咔咔作响，似乎马上要折断，茅草零落的草房顶仿佛要随雷化为灰烬。因为住在村边，没有小朋友一起玩耍，蒲箬就一个人在院子里玩，在自己的院内就能看到野兔和山猫跑过，高兴得不得了。晚上，贪玩的儿子进入了梦乡，刘氏自己守着三间空房，十分害怕，常常夜不能眠。有时，院子里跑进狼来，钻进猪圈、鸡窠，吓得鸡飞狗叫，小猪跑得没了影。刘氏只是把门顶得死死的，大气都不敢出。长夜难熬，她便通宵纺线，直纺到东方放亮，才敢去小睡一会儿。天长日久，也没有那么多线可以纺，刘氏就

自己少吃一点儿，把食物送给邻居老妇，请老妇晚上来做伴……在清贫生活中，蒲箬长大了，可以上学了，他的弟弟、妹妹也陆续出生。蒲松龄还是岁岁在外，逢年过节才能回家跟妻儿团聚。刘氏把大儿子送到村里的私塾读书，每天清早就把蒲箬送出门，直看着儿子进入私塾才放心地回到家中做家务。晚上一边纺线一边督促儿子念书。刘氏节衣缩食，丰收岁月都是半年糠菜半年粮，偶尔弄到一点儿鱼肉，都会珍藏密收，留给蒲松龄，待蒲松龄回家再拿出来，那好吃的东西早已经变了味了！

蒲槃四十岁得子，满心希望家庭兴旺，谁知因两个儿媳不贤，骨肉分离，兄弟析炊。儿子们分家后，蒲槃年事已高，身体一天不如一天，东跑西颠做生意已经力不从心，渐至闭门不出，卧病在床，康熙八年，他与世长辞。

蒲松龄的身上，又多了一份赡养老母的担子。

游幕宝应

蒲松龄在父亲去世次年，到朋友孙蕙的任上江南宝应县做为期一年的幕宾。

蒲松龄南游时间虽短，却为后人留下了大量研究其生平的珍贵资料，其中包括他最早的诗稿《南游诗草》和整部手稿《鹤轩笔札》，通过对他南游经历考察，我们可以认定：这段短暂官场生活对蒲松龄毕生的思考和写作，有至关重要的作用。蒲松龄生平第一次也是唯一一次混迹于官场，这里的生活是穷教师见所未见，闻所未闻，他睁大了眼睛，看清了整个既强大又腐朽的封建官场的黑暗，看清了达官贵人的醉生梦死和强盗嘴脸，也看够了老百姓的啼饥号寒。

孙蕙，字树百，又号安宜，别号笠山。他住在离蒲家庄几十里之遥的奎三村，进士

出身，先在刑部任职，后到宝应任知县。孙蕙是个有志于做一番事业的读书人，他知道蒲松龄科举考试屡屡受挫，家庭生活捉襟见肘，他的官衙中也恰好需要一个能写文章的师爷，就邀请蒲松龄随他到江南任上做幕宾。

做幕宾，是那时没考上功名的知识分子既比较体面又报酬丰厚于私塾教师的职业。常常是那些有些文名的落第举子才能受到邀请。幕宾自己的生活费用全部由官吏供给，另付一定报酬。蒲松龄自从兄弟分家之后，年年在外边教书挣钱养家，已经数年不能参加科举考试，教私塾的收入又十分微薄，常常入不敷出，相对丰厚的幕宾职业比做私塾教师，收入当然要高出一些，于是，康熙九年（1670 年），他三十岁时，告别老母妻儿，离乡远游。

从蒲家庄向西南走六十里路，蒲松龄来到了青石关。这是淄川客人到江南的必经之地。蒲松龄策马进关，只见山路崎岖，两山壁立，山上青松衬托着红叶，蓝天上，一行行大雁鸣叫着，飞向南方。他在崎坎的山路上挽辔眺望，云海与叠峰相连，看不清南去的道路，几声犬吠传来，才看见炊烟下零零落落有几户人家。他骑马出关，穿行在群山之中。秋风飒飒，山坡上郁郁葱葱的松柏，散发着幽幽香气。马蹄在石板路上“嘚嘚”地响着，鸟儿在丛林中叽叽喳喳地叫着，一阵北风吹过，天上飘下蒙蒙细雨。戴着竹笠锄田的农人急忙回家。蒲松龄急于

赶路，冒着细雨走过岩庄，登上一个高岗，雨收云散，夕阳返照，归巢的鸟儿在天空中迅捷地飞翔，群山中雾气氤氲，走出青石关已经百余里地，家乡渐渐远去了。回头望去，落日沉沉，故乡渺渺。他不禁想起家人，一缕乡愁涌上心头。

来到沂州，他住到旅舍里休息。跟一位叫刘子敬的读书人住在一个房间，雨越下越大，没法赶路，只好静下心等着天晴。秋雨敲窗，长夜寂寞，两个一见如故的读书人天南地北地说起奇闻轶事来。

刘子敬问：你喜欢狐仙的故事吗？

蒲松龄说：当然喜欢，我们淄川到处都是这样的故事。

刘子敬说：想听一个书生跟一狐一鬼生死相恋的故事吗？蒲松龄素来喜欢这类故事，忙说：愿闻其详。

刘子敬从背囊中取出一篇文章：王子章写的《桑生传》。

蒲松龄马上就给这凄美离奇的爱情故事吸引住了。

他对这个只能算是素材的故事，进行了巧夺天工的再创造，写出了十分出名的聊斋故事《莲香》：一狐一鬼同时爱上了一个书生，开始互相吃醋，后来为了夺回书生的生命，二女妒念顿消，亲如姐妹，她们为爱情而死，为爱情而生……

因《桑生传》写出《莲香》，是我们所知的较早聊斋

故事原型。小说技巧的成熟、布局的周密、人物创造的熟练，说明蒲松龄写作小说肯定非自《莲香》始。

天刚刚蒙蒙亮，蒲松龄早起赶路，匆匆走到小湖边，只见残月斜照着长满苹花的小汀，湖中水气冥冥，晨雾朦胧，秋野昏昏，似乎可以看到点点鬼火，他感慨：从遥远的北方往江南跑，顶风冒雨，不知道孤身走了多少路程？真像李白写的“何处是归程？长亭更短亭”。是什么人天不亮就在那儿吹笛子？偏偏吹的就是伤别离的“关山月”？更让离家的人伤感不已……

为了生活，还是坚持往江南走，路上想家，担心老母和妻儿，只好借酒浇愁。终于，到了黄河边（注：黄河故道，在今江苏清浦区夺淮入海），他孤零零一个人登上渡船，头天喝的酒还没醒，迷迷糊糊地看到河边人影恍惚，黄河水深浪高，散发着鱼腥味儿，他猜想，这水底下大概就有蛟龙出没吧？从船舱窗口看出去，一丛丛绿绿的芦苇从船边一闪而过，已经看得到对面长堤上那一片青翠，船夫在湍急的河水中行船，高兴得唱着歌儿，船儿惊起的水鸟，呼啦啦向远方飞去。

离开北方时，已经是秋风萧瑟，黄叶飘零，过了黄河，看到的，却仍然满目青青，蒲松龄这才知道：南方北方的景色就是不同啊！他觉得自己的心情比刚离家时好一点儿了，尽管有点儿寂寞，可是经常可以跟偶尔遇到的朋友谈一谈鬼的故事，哪儿都有这样的故事，哪儿

的故事都很动人，听着这些故事，再坐到顺风顺水的船上，真好像自己成了仙一样！从船上眺望岸边，落日余晖中，赶路旅客急速地骑着马向渡口奔驶，飞奔的马蹄似乎踏着天边的云彩一般。归林的鸟儿向西边地平线飞着飞着，好像想衔住那眼看就落下的太阳。船夫一边摇着橹，一边兴高采烈地唱着船歌，绿波似乎跟天边连接了起来，绿水白沙，落日飞鸟，一幅多美丽的图画啊。

古人说，读万卷书，行万里路。蒲松龄一介穷书生，当然不可能仗剑远游、看名山大川，但为求生计得到一次南游机会，沿途美景已大开眼界。

蒲松龄到了宝应。这个地方，山明水秀，湖似明镜，山如浓黛。蒲松龄喜欢站在白马湖边，看澄澄湖水上倒映的夕阳。湖面上荷花盛开，五颜六色的蝴蝶在花间飞舞。鱼翔浅底，长脚鹭鸶在水边觅食。他看着湖景，不禁想起郢中诗友们无忧无虑在济南游玩的情境。看到路边新栽的柳树，更是想到，五柳先生陶渊明，在做彭泽令时也栽过同样的柳。他觉得自己跟陶渊明一样，是个怀才不遇的人，他比五柳先生还不如，五柳先生自己做县令，他却仅是县令手下的幕宾。他想念母亲和妻儿，可是，一行一行的大雁正在向南飞，想让它们给捎封信都办不到！

带着忧郁和悲凉的心情，蒲松龄开始了幕宾生活。

书启师爷的主要任务是代替县官起草呈文、公告、书信，也随同孙蕙观察民情，送往迎来，应付上司。蒲松龄替孙蕙写的文字《鹤轩笔札》开头，有一副显然是蒲松龄代孙蕙写的长联，估计当时可能曾悬挂在宝应县官衙的某处：

为诸生时，动思立名当世，谁意一身而集万苦，可惜肺腑空尽，销尽雄心羞鬓发；

读循吏传，深恨不见古人，试看隔年而生三灾，不知龚黄再世，用何长策计安全。

对联意思是：当年没考中功名时，一直想为国立功，为民效力，现在用尽心机，雄心消磨殆尽，只落得愁白了头发；读古代为民立功的好官的传记，只可惜自己没有能亲眼见到这些榜样，不知道像宝应这样两年之内发生三次大灾害，就是汉代最著名的好官龚遂、黄霸再世，他们有什么好办法处理如此棘手的僵局？

据记载，当时的官吏，总督年薪一百五十两银子，巡抚一百三十两，县令俸禄仅仅四十五两银子，按日常开销还不够十天用的。从哪儿弄钱用呢？靠老百姓的税。在正常税收之外，巧立名目多收钱。比如，在朝廷明文规定的田赋外加收“耗羡”，也就是增派运送过程中产生的消耗。苛捐杂税多如牛毛，加征税款有时达到二三成的数额，这一部分就归州县所用。所谓“一年清知府，十万雪花银”。天下乌鸦一般黑，不搜刮百姓的官吏根本

不可能存在，仅仅是搜刮程度有深有浅而已。

孙蕙在封建官吏中，算得上自身矛盾的人物，他很想做个好官儿，特别是刚刚到任时，但此后为了应付官场的各种活动，也为了维持自己的体面而豪华的生活，他又不能不增加人民的负担。

宝应地处水陆交通要道，舟车往来，络绎不绝。知县政务很忙，要处理上边公文，要理民讼，还要管驿站、修河务。孙蕙在康熙八年上任，此前，淮河、黄河（黄河故道）同时决口，高邮清水潭、宝应沥青沟也发生水患，百姓房子都被淹没，前任县令不顾百姓死活，增捐加税，搞得当地百姓怨声载道。孙蕙上任伊始，首先废除了几项原任县令盘剥人民的苛捐杂税，把官农、解差、粮草草豆、更夫、纤夫、马户等巧立名目的杂税全部剔去，在县衙前立石，明令禁收，为人民省去了上万银子的负担。因为连年水灾，运河淤滞，往北京运粮运物的船只很难运行，管理河工的大官为了向上边邀功，想很快把这段河疏通好，便不顾实际情况，命令孙蕙立即召集两万名河工挖河。宝应这个“冲疲灾邑”本来就地狭人少，再加连年灾荒，老百姓衣食无着，哪能抽那么多人出河工？孙蕙便减少了出河工的人数，不能按期完成任务，因此惹恼了河道总督罗多。按照清朝规定，官员都要经过例行考察，京官谓之“京察”，外地官谓之“大计”，三年一次，考察官员政绩如何，决定是升是降、是

去是留？罗多便借大计之机扬言要在皇帝面前弹劾孙蕙。孙蕙却明确表示：宁可免职，也不能给老百姓增加那么大的负担！老百姓感念孙蕙的恩德，几万人环绕着河道衙门苦苦哀求，众怒难犯，罗多只好说：只要孙蕙能按时完成河务，我就不告他了。百姓闻言后，两万多人争先恐后聚合到河道，日夜奋战，三天工夫，居然就完成了全部任务……

蒲松龄刚到宝应，就听说孙蕙这件事，很受感动，引为知音。

江南水患让生活在江北山城的蒲松龄大为惊异。

后来孙蕙兼管高邮州政事，蒲松龄有机会看到更严重的水患。

高邮州北有个清水潭，潭在运河堤边，地势低洼，清水潭上游的几条河，同时注入潭中。雨季来临时，水量大增，由潭倒灌河中，溃决堤岸，泛滥成灾。康熙四年清水潭决口时，飓风大作，折木摧树，浪高数丈，亭场舍庐，全被淹没。男女老幼溺死三万余人。从康熙四年到蒲松龄南游时的康熙九年，清水潭年年决口，水灾过后，浮尸遍地，到处是被水摧毁的堤坝，到处是被水淹的良田，真是惨不忍睹。

蒲松龄亲眼看到清水潭决口、人为鱼鳖的情形：漫漫无际的河水占据了田地，淹没了草舍，好像连天都给浸湿了，转眼间，万顷良田成泽国。一般的船只都不敢

到这个地方来了。远处驾了双橹的高大楼船变得像芥子，像虫蚁，在天边蠕动，往来的船只像小树叶一样在河面飘舞，像飞鸟一样在水面上上下盘旋。朝廷年年都用很多钱来修河，但那钱却大部分被官员中饱私囊，真正用到河务上已经成了杯水车薪。他不禁设想：有没有人能够把山搬过来变成一道长堤？即使雷吼电击也稳如泰山？那样的话，人民可以安居乐业，国家可以不浪费那样多的钱财，可是现在哪儿还有真正把修河当成为民造福为国解忧的官员？到处是借国难发财的贪官污吏！……时间过去了一月又一月，蒲松龄再次来到清水潭，只见决口处还没堵上，波浪像山一样翻卷，万顷被淹没的土地上水天相连，看不出是牛是马的牲畜在浪花中飘动，风吹水面，浪涛响入云霄，远望，只见达官贵人的大船从天边悠然飘来，他不禁再次担心：国家花费那么多钱财修河，治河官员却只知道自己享乐……多灾之秋多难百姓啊！蒲松龄对于河务官员贪污肥己、视人民生命如儿戏、治灾不力留下了终生难忘的印象。

蒲松龄目睹了孙蕙作为县令的苦处，地方连年灾难不断，百姓流离失所，县衙积案如山不能马上处理，却得想方设法先满足高官的无理要求。官大一级压死人，县令在督抚道府面前，简直就像最卑贱的奴仆，像老鼠见了猫！孙蕙管辖的驿站上，南北差使的公人，势若云集，来的官儿多半比县官大，每一官到，家丁先出来登

堂叫骂，弄得驿站鸡犬不宁，要了船，又要马，按规定给？不成，得加倍，还得“折干”也就是变成现金给。稍不顺心，就唾及于面，骂不绝口……堂堂朝廷命官，竟然如此蒙受耻辱，普通老百姓是如何被欺凌更是可以想象了。

书启师爷的任务是代替县官处理公文和来往书信，蒲松龄一年内代孙蕙写了八十多封信，经常写“上……启”，顾名思义，就是写给上级官员的信。有给江苏上级官员的，有写给北京部里官员的，有写给山东父母官的，还有给过路官员的。这类书启总要搜肠刮肚写些歌功颂德、近于肉麻的好话，巡抚是“济世雄才”，知府是“匡时之哲”，臬司是“经纬全才，朝野重望”，藩司是“凤阁奇才，龙江伟迹”，总督则“一代名臣，两省福曜”，高帽戴尽，好话说绝，在连篇累牍、堂而皇之的鬼话后边，却总会出现“敬献”“燕贺”“薄具一芹”……等等字眼儿，其实就是行贿送礼！凡是遇到长官生日、夫人生日、如夫人生日时，一概都要送礼！如何在给长官送礼时加上一番冠冕堂皇的官话，成了书启师爷的重要工作，至于送礼所用的大量钱财从何而来？当然都是百姓血汗。

蒲松龄深刻认识到官场大人先生如何口头上仁义道德、满肚子男盗女娼，他也经常看到孙蕙这个县官所受的夹缝气：

有一次追查一件“钦案”，即皇帝直接过问的案件，应该由知府把追出的赃银交上去。那位姓赵的知府大人却装聋作哑，孙蕙自己不得不掏腰包补上，再低声下气地向知府乞讨。

宝应相邻的如皋县，派河夫到运河当差，借了宝应县一百石米，久久不还，如皋县令企图将那些米纳入私囊，孙蕙不得不软硬兼施，一边写信去诉苦讨米，一边表示：如果不还这些米，他一定会跟对方打官司，并正告那位县官：那样的话，你的名声不可能不受到损害！如皋县令不得不把米还给了宝应。

另一县令经宝应北行，因驿马不够用，孙蕙就多借十四马给他，马到山阳县后，山阳县令就想将马匹一并扣留私吞，孙蕙不得不气呼呼地写信去评理……

官僚之间尔虞我诈，地方豪强也横行不法，孙蕙按规定派人向一个当地豪绅征税，那位土豪公然让手下人手持棍棒把衙役打了出来……

道貌岸然的官吏豪绅在金钱面前，无一不是分毫必争、无孔不入！

这类活生生的见闻，像不像后来某些聊斋故事的人物和情节？——

《饿鬼》写一个做官的：见了人根本不理睬，好像一寸长的睫毛蒙住了眼珠，只要哪个人的袖子里掏出银钱来，立即，眼睛放光，好像见了最亲的亲人！

《考弊司》写一个考官：凡参加考试的考生，都得割下一块肉来进贡！

《梅女》写一个县丞：因为收受了小偷七百铜钱，就硬是诬告一位少女，害得她投缳自尽！小说中的老妇人怒骂：袖有三百钱，就成了你的亲爹了！

《梦狼》则对无止境地榨取民脂民膏的官吏进行一番更为夸张化的描写：整个县衙因为吃人太多，变得白骨如山，有个虎首人身的县官想吃饭时，立即有一只凶恶的狼，叼了一个人来！

《神女》写一位女神与人间书生的爱情故事，为了帮助书生早一点儿恢复失去的“衣巾”也就是恢复误被革去的功名，这位天上仙女居然懂得，人间官吏离了金钱，决不会办任何事，她用纤纤细手，摘下自己头上美丽的珠花，交给书生说：现在的官衙，绝不是可以“白手出入”的！

《石清虚》围绕一块石头，写几个官吏和豪绅，他们仅仅为了玩一块石头，就可以害得他人家破人亡！

……

这类故事跟蒲松龄江南之旅所见所闻有无直接关系？跟游幕宝应所见像不像？很像，又不完全像。胶柱鼓瑟地查证哪篇小说是取材于哪件具体事实，不可能全面理解天才小说家的精神活动，小说的描写，比现实生活的真实记载，更加成熟，更加深刻，更加艺术化，更加依

赖于想象的力量。作为伟大的小说家，掌握和认识某些社会现象是重要的，能不能对这些现象做仅属自己的思考，进行只属于自己的艺术创造，或许是更重要的。

蒲松龄代替孙蕙处理公文时，不自觉流露出正直、贫穷知识分子的正义感：

宝应地方连年灾荒，老百姓卖儿卖女屡见不鲜。那些习惯于鱼肉人民的官吏却不顾人民死活，借机满足自己的私欲。有一个吴县知县，知道宝应发生水灾，竟然写信给孙蕙，希望借此机会，用少量的银钱，从宝应买漂亮的少女充做侍婢。蒲松龄收到这封提出无理要求的信，气愤地代孙蕙回信拒绝，说，买丫环的事儿，您老先生自己乐意怎么找他人买，尽管买。我作为百姓的父母官救荒拯溺尚且没有办法，怎么可能教老百姓卖儿卖女呢？结结实实地给那个想乘人之危的家伙碰了一个钉子。

一个叫张德伯的，是孙蕙的“年翁”，到宝应来打秋风，托上孙蕙一个“年兄”向孙蕙致意，要求：或者，直接给他一些银钱，以“壮行色”；或者，让他包揽词讼以“开情面”。也就是借孙蕙的势力，在替人打官司时，颠倒黑白从中渔利。蒲松龄对这种无耻之徒十分气愤，他所写的回信就成了一篇有趣的讽刺文章。《十二日答平原张讳德伯》风趣地说，自己（孙蕙）做了三年地方官却“囊空如洗”，不能向这位老兄“尽绵薄”，“所不乏者

日暮江云，只恨不堪持赠”。信中还宣布自己是个知道自爱的拙官，绝不开情面之私，打算借包揽词讼捞一把？还是趁早打消念头！

蒲松龄到宝应第二年，因为高邮知州佟某被罢官，新官没上任，江苏布政使就打算由孙蕙来“兼署”高邮一地的公务。孙蕙闻消息后，立即请蒲松龄代写一篇长信，向布政使恳辞：他现在管宝应的河务，凡是河务的事儿，皆急如星火，转眼就可能出错，河上的一草一木，他都得认真地盯着，一天也不敢离开；而宝应又是水陆要冲，每天来要夫马者数十次，不让派马专要折成银钱者每天也得支出几十两银子，但连年缺少的经费都没有补上，他这个县令成了白手做无米之炊。他只好典衣卖物，勉强支撑。再加上连年灾荒，流离载道的百姓尤需他打点全副精神来捐银化米……他既是县官，又是河官，又是驿官，就这一个县，已经管不过来了，怎么可能再多管一个高邮呢？……孙蕙的力辞没起作用，上司让他兼署高邮的命令已经下达，孙蕙只好带了蒲松龄等幕宾，到高邮上任，他想对物力凋残的高邮进行一番整顿。

因为高邮湖连年决口，老百姓颠沛流离，生活很苦，不少人只好铤而走险，啸聚山林，蒲松龄替孙蕙写布告，劝告“民各安本业以清盗源”，劝老百姓要遵纪守法，不要走“必死之路”。不可热衷于打官司，布告语重心长地说：“公门之中，魍魉魑魅，智者难除，每一票出，未与

被告见面，先要原告尽情，不则呵骂阻难，无所不至，其中苦状，备难殚述，到得一口气伸，而自己之人品家私已萧索殆尽矣。”（大意是：现在的衙门中，都是些牛鬼蛇神操纵的地方，凡去告状，还没跟被告见面，先要原告出钱，否则的话，就又打又骂，其中的苦处，不是一般人知道的，所以，凡打官司者，即使能打得胜，自己的家产也会用尽。）

蒲松龄经常对宝应和高邮情况进行观察，感慨万端地写到自己的诗歌里边。

他漫步郊外，看到清丽的南方女子一边采摘桑叶一边用他勉强能够听懂的吴侬软语说个不停。

“养蚕几个月，小蚕密密麻麻出来了。采桑叶手都勒肿了，喂蚕误了做女红！”

“你喂多长时间蚕了？”

“我家最早喂的蚕儿已经三眠，又养了新的。多喜人哪，大的像蚯蚓那样在垫子上爬来爬去，小的又像蚂蚁一样出来了一层又一层！”

“看着这大大小小的蚕儿，你高兴吧！给你家老人送终，给你自己置办嫁衣，都得靠这小小的蚕儿！”

“咱们的蚕长得太慢了吧？整天大腹便便吃食就是还不赶快做茧？”

“咦咦咦！就是所有的小蚕都做了茧，都缫了丝，又能换几个钱呢？”

人说百里不同俗，离家不止百里的宝应，少女跟淄川妇人一样，把养蚕当作解决衣食的重要手段，其实，养蚕费很大力气收入却很少。但是有多少农妇年复一年把希望放在养蚕上，像这指望养蚕换嫁衣的江淮少女？也像自己的老母贤妻？

他散步山下遇雨，秋雨像断线的珍珠一样泄个不停，人们都忙忙地回家，有一个年纪很小的孩子却披着蓑衣在雨中淋着。蒲松龄看着这个大概比自己大儿子大不了多少的孩子，爱怜地问：孩子，你怎么还不回家呢？孩子说：我替主人家放羊，不敢离开啊。我放的成百只羊，白天在山坡上吃草，晚上也住在野地，我晚上都不敢睡觉，怕虎狼把羊拖走了。山上草不肥，羊儿长不胖，稍不小心，羊跑到庄稼地里，我就会给农人臭骂一顿，吓得我一声也不敢吭。就是这样，主人还经常骂，你放的羊怎么这么瘦？蒲松龄同情地看着这个可怜的孩子：田野的风吹得他的脸成了黧黑色，山中的雨早已把他的蓑衣击打成不能遮体的碎片儿，可他还是忠心地守在山上，不求主人夸奖，只要主人不骂就心满意足了！

他走到河边，看到黄河从天外流来，树下系着几条运送客人过江的船只。坐上这船，渡过黄河，再走上一段路，就可以到山东故乡了！他不禁想起远方的母亲、妻儿，可是为挣钱养家，他不能不滞留他乡。什么时候能坐船回家？

他看到，河里飘过一艘张着十余幅风帆的大船，船上鼓乐齐鸣，船上的达官贵人正在饮酒作乐。岸上，上百名纤夫拖着沉重的绳索，拉着这大船前进。河边，有座破旧的茅屋，茅屋里的男女老少，衣衫褴褛，面有菜色，他们饿着肚子，却眼睁睁看着船上的穿着名贵丝绸衣装的贵人正用肉喂自己的猎鹰！人们常说“江浙熟，天下足”，岂不知，在这个称之为“圣世”的康熙年代，仍然像当年诗圣看到的一样：朱门酒肉臭，路有冻死骨！

河道上气焰熏天的贵人走了，陆地上气派更大的官儿来了。

这是从皇帝身边来的大官儿，头戴金貂的皇帝近侍。人未到声先到，老远就听到金锣为之开道，张着一顶一顶标志官位的高伞，一面一面亮闪闪的大旗在空中飘扬，卫士刀枪铿锵作响，随从武士骑着高头大马，疾行的马儿长长的鬃毛飞扬起来，服饰鲜亮的骑马武士们简直像一团锦云。人声马声车辆声，嘈杂之极，上冲云天。不要说河道堵住了，连康庄大道也给塞得水泄不通，甚至黄河挤满官船没法流动，只见官员所到之处沸沸扬扬开锅一样，尘土挡住太阳，白天变得黑夜似的！

大官儿要下榻休息。本官还没露面，他的先遣人员先威风十足地到驿站大吵大叫，飞扬跋扈的走狗们神气十足地手扬马鞭抽打驿官，好像对待家奴！他们对待县令也像对捉到的犯人：“过来，老家伙，快快把我拴马的

绳子斩断！老子要休息！”县官的动作稍慢一点儿，大官的家奴就连骂加咒地往县官脸上吐口水！县官只好忍气吞声，好颜相对，小心翼翼地表示：按照部里的文书，哪一级的官吏，驿站要给准备多少马都是有严格规定的，我一定按照规定，立即换马，兑现应有粮草。大官的随从却瞪起眼睛提出无理要求：一定要支付十倍于部里规定的物料，还得将其中的一半折成银子装入他们的腰包。这样一来，若干匹马和若干船只的补助就装入了他们的私囊。县官吓得大气都不敢出，只好挖肉补疮，交出大量的钱财，以消灾免祸。

因为这“金貂学士”的到来，船夫们怕给抓住派做不给任何报酬的劳役，不得不停止赖以为生的劳动，仓皇出逃。可怜那刚直不屈的县令，不仅库存耗个精光，还得殃及百姓。这些达官贵人，大模大样地搜刮地皮，活像给皇帝运花石纲一般运走了大量财物，他们走后，地方上像遭受过兵灾刚刚安静下来。那可怜的驿丞连像样的衣服都没得穿了，见了蒲松龄，眼泪汪汪地诉起苦来：

“给他们派去的马去时生龙活虎，回来精疲力尽累倒在路旁！许多马给累死，剩下的又瘦又跛又有病。我还得再想办法把这些死去的马如数补上。您看啊，过一次高官，人和马就遭一次殃。驿站马骨已经堆得像小山那样高了，剥下的马皮也是一直堆到房梁！咱们这里连年

灾荒，马本来就缺少料和草，现在又把仅有的一点儿给养让大官的侍从抢走了。幸好县令拆了东墙补西墙弄点儿钱来应付他们，否则的话，因为侍奉不到，给降级罢官，岂不是让父母家人丢脸吗？”

蒲松龄听到这番出自肺腑的话，感叹自己位卑才短，对这种祸害国家、殃害百姓的事儿无能为力。皇帝身边来的大官如此作威作福，如何让地方官做爱护百姓的好官呢？

孙蕙虽然为人还比较正直，毕竟仍然是个骑在人民头上作威作福的封建官吏，他本身不能不具备封建官吏和出身富豪公子哥儿特有的生活习惯，蒲松龄一方面在呈文、书启里替这位县令叫苦叹穷，一方面也在这位朝廷命官身上开了眼界，见识了自己不曾见过的豪门生活，这些，他也一一写进自己的诗歌中。

他的《戏酬孙树百》组诗写到这位风流县官的生活，大意是：

春草青青柳丝儿长，后院春色满院墙，俏丫环不知公子伤春恨，嬉笑着折下花枝戏情郎。

酒杯里透亮的郁金香，动人的乐曲环绕着画梁，五斗美酒灌得公子酩酊醉，娇美的小妾扶上镂金床。

一次次鼓点儿敲到了二更，官人在哪儿沉醉美酒瑶笙？徘徊得三寸金莲沾满露水，无奈只能斜依栏杆看月明。

另一首《贵公子》写达官贵人如何醉生梦死，更生动，大意是：

夕阳下公子醉眼模糊，坐金鞍上只看到马下草地绿乎乎，“我的金丸给你这贱奴弄哪儿去了？”举起玉鞭愤怒地打着白头老奴。

约好夜半替美人放下床上玉钩，朱门前系好那善跑的骅骝，两行红烛把公子迎进梧桐院，鼓乐声声环绕着美人的画楼。

你给美人绸缎，我给她价值连城的貂皮裘，你乐我乐，醉舞春风哪知道愁？一曲“凉州”，公子听得如痴如醉，“快快快，拿十万绸缎给姑娘做‘缠头’！”

蒲松龄以玩味态度，写到县官孙蕙风流公子哥儿的生活：

孙蕙喜欢一个擅长弹琵琶的歌妓：这位在“红楼”即声色之乡颇有身价的歌妓，挽着高高的凤髻，两鬓黑得像乌鸦的翅膀，穿的是天上云锦一样的服装，头上戴着夜明珠，插着华丽的紫金钗，鞋子上都有美丽的绣花。

她只需“背烛佯羞浑不语，轻钩玉指按红牙”，在大人们宴前弹几支曲子，就可以过着王侯一样的生活。

蒲松龄还写到县官庆寿的场面：官衙点起了明亮的蜡烛，烧上一把一把兰香，明月当空，但满堂的香雾却让人不觉有月在空中。一队妙龄歌姬登台了，环佩叮当作响，织金绣银的彩衣在灯光下闪着耀眼的光，轻柔的彩带飘飘欲飞，音乐声起了，歌女载歌载舞。高朋满座，胜友如云，珍馐美味装在大大小小的银盘中端了上来，人们纷纷举杯，祝县太爷寿比南山——“愿君遐龄齐山冈!”

孙蕙是个有诗人气质的官，喜欢跟宾客们饮酒赋诗，孙蕙美丽聪明的小妾顾青霞，也经常在宴会上娇声长吟。蒲松龄还根据她的请求特地编过一本唐诗。孙蕙带幕宾外出时，观一湖一榭，辄分题赋诗。蒲松龄与同在幕中的老乡刘孔集关系最好。他们同住鹤轩书斋，经常写诗唱和。这些诗跟蒲松龄返回家乡后写的诗完全不同。它们，留下蒲松龄青春的脚步，也留下了此后再也难见的、江南美丽的山山水水。这些明丽晓畅的小诗几乎带着几分盛唐诗气韵，比如：

春归远陌莺花外，心在寒空雁影边，翘首乡关何处是？渔歌声断水云天。

——《射阳湖》

湖上烟寒远树微，平沙鸥鹭尽忘机。归鸿一路愁中断，浓绿平山雨后肥。

——《湖上早饭，得肥字》

热爱大自然的蒲松龄陶醉在美丽的江淮山水中。

薄暮降临，美丽的射阳湖变得万顷墨黑，深浅莫测，想象力丰富的蒲松龄不禁怀疑：在真实的湖光山色之外，还有一个神仙世界不？射阳湖让他产生虚无缥缈的联想，邵伯湖的美丽则让他如痴如醉。傍晚时分，他和几位朋友来到邵伯湖边，登上游船，落日熔金，暮云合璧，湖面美得像玛瑙一样，小舟荡开了黑蒙蒙的湖面，对着夕阳下光怪陆离的美景，诗人们心旷神怡，拍案叫绝，频频举杯。清风吹动着一叶扁舟，吃得醉眼朦胧的诗人们豪爽地敞开衣襟，亲自动手摇着橹，大声唱着乐府横吹曲“梅花落”。远远的湖堤边，一声一声的渔歌“欸乃——欸乃——”此起彼伏，船上的酒杯叮叮当当地响着，诗人们音调铿锵地敲着自己的佩剑，船徐徐驶过邵伯湖。只见湖天一色，墨黑一片，诗人们游兴未尽，时不时让船停下来，观赏夜色迷蒙的湖面，不知不觉，天已经全黑了，看马的人在城门边大声招呼：“先生们，快回城啊，马上就要关城门了！”诗人们带醉下船上马，在火光冲天的火炬映照下，仍然兴致勃勃地高唱“归去来”。

到了秋天，邵伯湖上朔风阵阵，波如海涌，劲风吹折了小船的篷，阻住了大船上的橹，大船小船一齐在湖

面上颠簸，好像湖底的鱼龙也在随着波涛跳舞。蒲松龄和朋友紧紧地裹住了衣服，坐在大船上，静听湖上风雨呼啸。过一会儿，风终于停了，船也停在岸边，只见岸边落尽秋叶的树像蒙上一层白白的霜花儿……

蒲松龄还登上泰山远眺，这泰山不是杜甫写的“岱宗夫如何”的山东泰山，而是高邮旁边的一座土山，是宋代用开河的泥土垒成的，山上建有东岳庙，庙中建百神之位，一如东岳泰山，泰山庙后有个“文游台”，文游台有楼有亭，可以望远，登台上，可见长湖淼淼，风帆杳杳，水田柳陌星罗棋布，在深秋时，登临文游台，尤其好看。蒲松龄登上了这座虽然不大、却受到许多文人喜爱的泰山时，不禁回忆起自己风尘仆仆的生涯。他看到，晴朗的天空上大雁排成行越飞越远，湖边孤舟在芦花间飘摇，云水溟濛，苍茫千里，好像一直连到天边，湖边烟雨楼台十万家，江面上，一群一群的水鸟纷纷落到沙滩上。

美丽的江淮秀色可餐，蒲松龄站在河堤远眺，一些诗句涌上心头：

箫鼓满城帆影乱，水云无际雁时飞，湖山秋色萧条甚，一叶孤舟荡余晖。

——《堤上作》

江树笼烟莺唤柳，渔庄落日鸟衔花。

——《河堤远眺》之三

湖外含烟烟似水，湖中凝水水如烟。

——《河堤远眺》之四

康熙十年元宵节后，蒲松龄和孙蕙一起坐船到扬州去。舟行江心，天近傍晚，江面上船帆如云，舟中几案上，几支疏梅增加了几分雅趣，他们斟上了三白酒，泡上了芥山茶，以梅花为题，分韵写诗，舟外风雪交加，舟内温暖如春，酒佐诗兴，花饱眼福，扬州到了，天色已然十分晦暗，孙蕙惦记着要给夫人做寿，匆匆办完公事，又跟蒲松龄一起，登上了回程的船，船扯起了篷，在密密丛丛的船只中穿行，因为没来得及看"二十四桥明月夜"，蒲松龄有几分惆怅。

第二次他一人到扬州执行公务，独坐无聊，就沉沉睡去，不知不觉，船已走百里之遥。他猛然醒来，只见岸边的树木密密麻麻，明月照耀下，朦朦胧胧，颇有诗意，他兴致勃勃地爬起来坐到小窗下赏月，为雾气环绕的舍宇楼台一座一座地迎着小船摇曳而来……他终于饱赏了唐代大诗人争相讴歌的扬州月夜美景。

过了两个月，桃花开了，杨柳绿了，蒲松龄又随孙蕙到高邮去，坐在船上，孙蕙问：留仙，你说到底是南方的水乡风光好，还是北方的层峦叠嶂好？

蒲松龄说：南方的水和北方的山，是两地特有的景色，南方水盛，江水像没有底似的，还常常带来水灾，哪有咱们齐鲁的山好？特别是崂山？下临沧海，上插青天！

孙蕙笑道：你太偏爱家乡啦。

蒲松龄说：扬州有红桥，瘦西湖的亭台楼阁别致又宽敞；余杭有西湖，更是天下少有的水上美景，那雕梁画栋上到处是历代名人的题诵，我们北方那么多美景却不太为人所知，那就是因为咱们北方人太不会自我标榜啦。

蒲松龄看着岸边满眼是绿的芳草，看着万顷桃花，看着江中飘来飘去的水鸭，听到天上嘎嘎叫的大雁，它们又要飞回北方了！一丝乡愁又涌上心头……

“断肠春色在天涯，蓬鬓萧条处处家。”客居他乡，蒲松龄觉得，就是天上那一轮明月也是属于可爱的家乡：“对月勿怀乡，月是故乡月。月月入我怀，身宁分吴越?”看着江南春色，他想象：“故园物色今如何?”听着有人吹“西出阳关无故人”的曲子，他的眼泪禁不住流下来，他想念远方的兄弟姐妹，想念那些义气相投的郢中诗友，想念贤惠的妻子和年幼的儿子。

暂时衣食无忧的蒲松龄心情却一直处于苦闷之中，他想家，更为年过而立却一事无成而万般焦急，他希望自己的远大理想能早一点儿实现。

到宝应次年正月十九日他收到家信，心情十分激动，

写了一首《十九日得家书感赋，即呈孙树百、刘孔集》，抒发自己的志向、抱负和苦恼：

漫向风尘试壮游，天涯浪迹一孤舟。新闻总入狐鬼史，斗酒难消磊块愁。尚有孙阳怜瘦骨，欲从玄石葬荒丘。北邙芳草年年绿，碧血青磷恨不休。

这首对了解蒲松龄生平十分重要的感怀诗的大意是：

像诗圣样姑且顶风冒雪豪壮远游，浪迹天涯像一叶漂泊的孤舟。听到新奇事儿就把它写成‘狐鬼史’，美酒也无法消除心中深深的忧愁。倘若遇不到识才好友的怜惜，真想一醉而死消千愁。壮志难酬魂归北邙的人一拨又一拨，含屈而终变成鬼火仍是恨悠悠！

这种怀才不遇的苦闷。跟取材于江南的著名小说《叶生》何其相似乃尔：

维扬满腹经纶的叶生，文章写得好，却总考不中。原籍关东的县令丁乘鹤很欣赏他，让他住在官衙读书，并接济其家人，不料，文章越写越好的叶生，仍然考不上！丁县令因得罪上司被罢官，一直病得很重的叶生忽然赶来，随他还乡，并教其儿子读书，小少爷在科考中连连高中。丁乘鹤说：叶先生你仅仅施出你一点儿小本领，就让我儿子一再高中，你自己为什么不参加考试？叶生说：这是命中注定，我正是借公子的福气说明：不是我的本事不行，而是命运捉弄！丁少爷替叶生捐了个

功名，让他参加举人考试，他终于考中了举人！恰好丁少爷被派江南典务，就带叶生一起回淮扬，叶生回到家门，看到自己的门户萧条，心情十分难过，正在徘徊时，他的妻子出来，一见他，大惊失色。叶生说：我现在高中了，三四年不见，你怎么不认识我了？其妻一语点破迷津：你都死好几年了！不要从坟墓里出来作怪吓人！

为了功名，维扬书生的死魂灵居然从坟墓里走了出来！

为了功名，南游维扬的蒲松龄决定回乡投向科举考试。

做幕宾固然是维持衣食之道，但幕宾进入仕途要“捐官”，需大量金钱，没有钱又想做官的蒲松龄，只能走所谓“正途”，去过那条“秀才、举人、进士”的独木桥。康熙十一年是三年一次的“大比之年”，蒲松龄需要回原籍参加秀才岁考以取得乡试资格。南游一年后，康熙十年秋天，他起程回乡。

蒲松龄来到黄河边，河上只有蚱蜢小舟，他急于还乡，顾不得这些，毅然上了小船，风大浪高，一叶扁舟在汹涌的湍流中疾驶，西南风飕飕地刮着，小船鼓起风帆，荡起双桨，一会儿向东斜，一会儿向西倾，河水泼进小小的船儿，好像水缸里的小水瓢！一个大浪打来，衣服都湿透了。还是坚持前进，在轰轰作响中驶过横流，回头看来处，低低的云彩接着茫茫的大河，大雨马上就

要来了!

归心似箭的蒲松龄到了青石关。大风刮起来，遮天盖地的尘土预示着一场大雨马上就要来临，好容易看到一户人家，冷清清的，连炊烟都没有，打马赶过去，柴草满院，灶房堆着满满的粮食，主人早已吃过饭了，蒲松龄可怜巴巴地说：我从南方回来，人困马乏，老乡，你能不能随便给我点饭、给马点儿草料？千里归乡见到一个故乡人，蒲松龄感到格外亲切，拉着主人的手，拍着他的肩膀，亲切地招呼着。主人却冷淡得很，怎么也不肯留蒲松龄住下，也不肯给远路归来的同乡做点儿饭充饥。天已经完全黑了，受到冷遇的蒲松龄只好无精打采地拉起马，一步一跌地向关下走去。看不清路，只能小心翼翼地摸着走，走不了多远，倾盆大雨铺天盖地而至，山洪暴发，淹没了马膝，大雨点儿敲打得岩石轰轰作响，湍急的洪水在看不清的石路上奔流。蒲松龄心惊胆战。顾不得人困马乏，只希望眼看到家门口时，不要葬身山洪之中！越是害怕越想到吓人的事儿：去宝应时在这条路上曾经见到一具尸体，把马都惊了。当地的人说这是老虎吃了远方客人……想到这里，毛发竖立，山林中似乎传出虎啸狼嚎，他恨不得插翅飞出这个地段。越着急走得越慢，电闪雷鸣，怪石嶙嶙，好不容易才走出青石关，到达离家几十里的土门庄，已经是三更天了，再也走不动了。幸好叫开了一户人家的门，叫起一位善

良的老妇人，做些简单的粗粮充饥，睡在草席上，解下衣服躺到破床上，他才觉得心情安定了下来，脑袋下枕的是石块，粗棉被久久暖和不过来，但刚刚经历那样一场风雨，吃饱躺下，好像吃了美酒睡在锦床上一样，毕竟回到故乡了！

第二天起来，才想起马上就是八月中秋！月圆人圆，一定得早回家安排。早起，雨仍在下着，他拉着马，小心翼翼地沿山路往淄川行进，过山涧迈小溪，总算来到了奎三庄孙蕙家。孙家是豪门大家，僮仆成群，他们都知道青石关是个十分险峻的山崖，即使晴朗的白天路也极不好走，经常有不明地理的外地客户抛尸于青石关。蒲松龄居然能在雷电交加的黑夜从青石关走下来，实在是老天帮忙，咱们赶快烧点儿纸钱感谢上天向蒲先生垂恩！放下孙蕙的平安家信，吃完饭，孙家人挽留不住，蒲松龄在雨中骑上马，心急火燎地往家奔。大雨下个不停，山路越来越不好走，马儿动不动就会跌倒，天色十分昏暗，他还一个人行进在山路中，走了几次岔路，才找到满井庄。到门外一听，家里静悄悄的，他知道，妻儿早入梦乡，就故意用劲儿敲门。

孩子们起来，兴奋地迎出门来大喊大叫：爹爹回来啦！刘氏连忙下厨，酒菜摆上桌来，急急招呼：快换下湿衣裳吃一杯暖暖身子！怎么油布的雨衣都淋个透湿？蒲松龄笑道：能顶着屋顶走千里路那多好？家中立即响

起一片笑声。

第二天，族侄觉斯摆酒为远方归来的叔叔洗尘，骨肉团聚，分外亲切，蒲松龄几个族侄已成年，但还没人像他当年那样“弱冠采芹”。他感叹，岁月催人，做叔叔的年过而立还一事无成，叔侄之情却因为患难越发加深。外出一年，写诗作赋的闲情逸致越来越减退，他日勋名上麟阁的雄心壮志却依然如昔！叔叔虽然还是不忘进取，却总是命运多蹇，蒲家光宗耀祖的重任可能要落到你们身上了——

吾家子弟晨星少，前路勋名望子深。

穷而后工

中秋节到了，蒙蒙秋雨把李希梅的书斋笼罩在一片雾气中。刚刚回家的蒲松龄踏着青苔满径的小路看望久别的李希梅。两人对坐，把酒谈天。傍晚，天色稍霁，一轮淡黄的月亮刚刚从云彩中露出，又被滚动的浓云遮住，凉风阵阵，薄雾冥冥，又下起雨来，赏月不成，蒲松龄干脆连家都不回了，跟李希梅抵足而眠，叙谈以消长夜。几个郢中结社的年青书生，早生华发，还都是秀才！都在为了前途拼搏，为家人衣食谋生，实在不可能把全副精力放到举业上。蒲松龄南游时，王鹿瞻在离宝应很近的瓜州做幕，两人共饮一江水。张笃庆为了生活不得不做了私塾先生。李希梅家境好，继续研究他的金石学问。他们几个已经不可能再聚到一起写诗，世态

炎凉，喜欢以成败取人，几个好朋友间的感情却一点儿没有消减。

蒲松龄想到意气风发的当年，牢骚满腹。南来北往的鸿雁那，飞得多么匆忙？能不能留住青春年华去实现建功立业的理想？难啊难！借酒浇愁？谁又能喝上三万六千场永远不醒来？虽然说文章如精金美玉自有定价，现在那些功名富贵又有多少是靠真才实学？两个老朋友互相感叹着，想起当年郢中诗友那种取青紫如探囊取物的劲头儿，埋怨怎么就是遇不见伯乐？施愚山先生那样的考官一去不返，茫茫世界上，哪个是真正爱惜人才的？

李希梅苦口婆心地劝说朋友对功名看开点儿：世上总是得志者少，不得志者多，想一想当年的阮步兵，他不是才华出众、满腹经纶？不是正气凛然，不阿权贵？不是高洁自律、不同流合污？最后是什么下场？还不是穷途而哭？

游幕初归，家中稍有余财，无饥冻之馁，蒲松龄坐下来苦读。转眼间到了次年，康熙十一年（1672 年）秋闱。冒着蒙蒙的细雨，骑着借来的马，他又走上了赶考之路，向前看吧，人生难免有挫折，只要有才能还怕没有出头之日？

“骚客由来惜今日，才子何必怨东风？”

他对这次金榜题名十拿九稳，没想到，再次遭受惨败，情绪一落千丈。

头一年从宝应返回故乡时，孙蕙很想帮蒲松龄一把，替他写了一封有力的荐举信，恳切地希望山东考官能够发现提拔蒲松龄这个难得的人才。写信荐举其实就是一种“关说”形式。这本来是蒲松龄很不乐意做的。但迫于求取功名，不得不腆颜投递。谁知，这封荐举信在康熙十一年的乡试中根本没起作用。蒲松龄曾写诗寄孙蕙，陈述落榜后的心情。他觉得，茫茫人生没有什么温暖，就像凛冽的寒风一样，让他备尝人生的险恶。他为了光宗耀祖，不得不在这条路上走下去，“途穷只觉风波险，亲老惟忧富贵迟”。

这条路上他能不能取得成功？希望十分渺茫。因为，这不取决于他的才能和努力，不取决于朋友帮助包括孙蕙力荐。而决定于那些冷面冷心、糊眼冬烘、只认得银子的考官！他们平时也摆出一副奖掖士子的样子，摆出爱才的幌子，关键时刻，他们或者是以“财”取士，或者是因为自己的无知而一叶障目根本看不出文章的好坏。“饱学的秀才不中举，市买的文章中魁元”（蒲立德《问天词》）！

士子把科举看作“华山一条道”，主考则视为生财之道。有个真实故事：

早在顺治年间，有个省的考官就三百两银子卖一个秀才名额，因而腰缠万贯。巡抚眼红了，想敲他一笔，预备下一只奇异的小鸟儿，在主考官求见时，挂在他恰

好经过的房檐下，主考官看到小鸟金笼玉盏，极其华贵，就讨好地问：“这鸟儿从何得来，大人如此珍贵？”

巡抚悠悠说：“这鸟儿从京城得来，不飞则已，一飞冲天！直达天听。”

主考官心领神会，巡抚大人在以异鸟儿自比，炫耀他可以面见皇帝！

巡抚接着说：“你看，秀才头上那一点儿锡的锡帽，都值他个三百两，难道我这里还不值个五六万吗？”

一句话，吓得主考官魂不附体，喏喏连声退下，老老实实准备万两白银，送进巡抚后衙。两人遂相安无事，各行其是。

为皇帝选拔人才的大人先生，有的，用八股文做敲门砖敲开科举的大门，胸中没真才实学，做了十年官，连“破题”都忘了怎么写，只是用酒色养出一副娇、骄脾气，成了名副其实的“瞎学道”；有的，本身就是花钱打通种种关节，才物色到这样一个肥缺。凡有考生入场，考官就可能日进斗金。他们把考场弄得乌烟瘴气，考场学棚不过是走过场的地方，遮人耳目的地方，真正的交易全要在后堂进行。靠有地位的人求人情面子，可能有效，但最起作用的，是向考官送上大包“冰凌”。比如说：大县进学名额是十五名，有的考官居然可以拿十名做银钱交易！有银子，哪怕文章写得再坏，也能做秀才，没金钱，你就是孔夫子再世，也过不了学道的关！这情

形，就像蒲松龄的俚曲《禳妒咒》所讽刺的："点着名学道笑也么开，喜的原不是求真才。心暗猜，必定大包封进来。只求成色正，不嫌文字歪，把天理丢靠九霄外，那管老童苦死捱，到老胡须白满腮。"有个名叫刘太和的书生，因为没钱行贿，六十五岁了，还没考上秀才，他去参加考试时，一帮像他孙子那么大的小童生取笑他，说：刘大爷，你爱写诗，怎么不写首诗自嘲，他应声念打油诗道："从那来了个春风鼓，童考考到了六十五，没钱奉上大宗师，熬成天下童生祖！"

康熙年间，科场的弊端越来越厉害，而且进一步合法化。康熙十二年，吴三桂反清，自称"总统天下水陆大元帅"，广西孙延龄、四川罗森、靖南王耿精忠相继反清。数月间，清廷丧失了云南、贵州等六省，康熙皇帝下令讨伐，历经八年，才削平三藩叛乱。为了应付浩繁的军务开支，康熙十六年，允许童生捐钱成为秀才。此例一开，金钱拜物教越来越有力地控制科场。

蒲松龄从十九岁中秀才，年到花甲，还孜孜不倦地追求"举人"的头衔，按三年一次乡试计算，假如每次都参加，他大约考了十来次，心血熬尽，深受其苦。

秀才考举人是什么情景？有七个比喻形容：

其一，初入考场时像乞丐。

入考场时，考生必须光着脚，提着格眼竹柳考篮进场。科考场规有搜夹带的条例，考生进场，只能带可以

清清楚楚看清所带物品的竹篮，里边也只能装笔墨和食品。入场时，要解衣等候，让监考者搜身，连单层布袜都得脱掉，光脚提篮，一手持笔砚，一手持布袜，那样子像极了乞丐。

其二，点名时像囚犯。

考生要按照预先告知的次序进场。考场的监视人员站得像一堵墙似的，有的人手里还拿着皮鞭，飞扬跋扈，不可一世。鞭子打在行动稍慢的考生身上，轻者衣服被打破，重者身上给打出一条条血痕。点名时，考生答应稍微慢一点儿，就被像牛羊一般地逐出。高高在上的主考官时不时用污辱性的词句骂考生，对待士子们如同草芥一样，考生们也只能低头忍受，因为必须通过官呵吏骂这一关，获得功名，才能进入官场、成为人上人！

其三，进入号舍答卷，像秋末的冷蜂。

乡试在贡院举行，贡院有一排一排的小房子，是考生答卷的号舍，排排号舍之间有十分狭窄的小巷，为了便于监视考生，号舍没有门，类似孔孔相连的蜂巢，考生在里边答卷时，上边露头下边露脚，像蜂巢那些身体露在蜂眼外的蜜蜂。而且已到秋末，冷得飞不动了。

其四，出场时，神志模糊，天地异色，精疲力尽，像出笼的病鸟。

其五，等待结果，像被拴住的猿猴。

等待发榜时，情绪紧张到极点，风吹草动，都以为

是报喜的来了。时不时进行各种猜想，一会儿，认为自己高中榜首，顷刻之间，出将入相，高官厚禄，过起灯火下楼台的富人生活；一会儿，认为自己已经名落孙山，病入膏肓，马上就变成白骨一堆。坐立难安，活像猴儿给系到柱子上。

其六，落榜后像服毒之蝇。

考试结果终于揭晓，报喜的马儿急促向这边跑来，一边跑着，一边叫着“报喜报喜”，真是喜从天降！谁知道那马儿过了门向别人家跑去！立即神色大变，像吃了毒的苍蝇。家人摇晃身子，竟然没有知觉！傻眼了。

其七，一次次失败，一次次拼争，像年年孵蛋的鸟儿。

刚落榜时，心灰意冷，大骂考官没长眼睛，大骂怎么用功也瞎子点灯白费蜡！气呼呼把案头的书都敛起来，要一把火烧了，烧不尽的，用脚踏个粉碎！踏不尽的，干脆丢进污水沟！再也不看啦，再也不写啦，再也不考啦。从此，披发入山，面向石壁，再有人用八股制艺、光宗耀祖相劝，必定操戈逐之……没有多久，心气渐渐平静，又想再考一次，就像那跌了蛋的斑鸠，不屈不挠地再次孵蛋！

“秀才入闱，有七似焉”，这是蒲松龄在《王子安》一文的“异史氏曰”中所做的穷形尽相纪实性描写。《王子安》的正文则是一个极富于幽默性的故事：一直考不

上举人的东昌名士王子安，参加乡试后，十分希望金榜题名，天天盼望，到了发榜那天，因心情紧张，吃得大醉躺家中，忽然，有人来报：报马来了！他忙说：赏钱十千！家人知道他想中举想迷了，就骗他说：你继续睡吧！已经赏过了。又过一会儿，王子安又听到人来报告：您考中进士了！他想，我没去京城考试，哪儿会中进士？报喜的人说：您忘了？您确实把进士的三场考试都考过了！于是他得意地宣布：赏钱十千！家人再次骗他睡下。又过一会儿，有人急忙报告：您通过皇帝金殿面试成了翰林了！……他继续耀武扬威，认为不可不出去向乡里夸耀一番，大呼"长班"，他的妻子说：家里只有我这个老太太，白天给你烧饭，晚上替你暖足，哪儿有什么"长班"？原来，王子安不过南柯一梦！

蒲松龄南游归来经过两次乡试的失败，情绪越来越低沉。这一年，皇帝为了罗致遗老，特开"博学鸿儒科"。命在京三品以上及科道官员、在外督、抚、布、按、学政，举荐学行兼优、文辞卓越的文人入京，由户部赏给月俸，听候考试。经过考试，录取朱彝尊等五十人，授翰林院官职。皇帝开博学鸿儒科，使蒲松龄受到极大鼓舞。他希望自己将来有一天进入这个行列。

金风飒飒，百花凋残。一次乡试失败后，蒲松龄病了。他躺在床上，一次一次看着镜中的自己：眼角上出

现了越来越多的皱纹，鬓角上已经过早地出现了银丝。他自我解嘲：只要在人世间有一席之地，哪怕是草庐，何必争名于朝，争利于市？杯中有酒及时醉，架上有书赛神仙，人生在世，什么不顺心的事都会遇到，什么烦恼也会无端而至，难道只有金榜无名才是可悲的？……

他常自我安慰，又总是忧从中来。事业无成，前途渺茫，而且家境越来越穷。刘氏对生活没什么奢望，即使是丰年，她都要糠菜半年粮地度日。如果能有十万贯钱，哪怕不去参加乡试，终老乡间也可以了，但是，现在家里就是缺钱！

兄弟分家时，蒲松龄分到二十亩薄地。到康熙十二年，他已经有三子一女。南游归来，仍然到乡绅家坐馆维持六口之家，而尤让他头痛的，是赋税一加再加。

顺治三年，清朝廷发布谕旨：将明代乡官、监生功名尽加免除，他们跟普通百姓一样，担负地丁钱粮、杂泛差役。本朝秀才，免除徭役，不免钱粮。为保证徭役征收，还规定，经管钱粮的官吏，凡有钱粮拖欠的地方，不论大官小官，一律停止升迁，必须把所欠钱粮入库，才能题请上司考虑其升转。收税跟官员的切身利益联系到一起，官员劲头十足。为了征收夏税秋粮，淄川县衙里为催科每天都用板子打欠粮欠税的老百姓。顺治十八年后，无日不打，无时不催。

据蒲松龄的儿孙回忆，蒲松龄总小心对待的，就是

按时纳税，绝对不能让税吏登门。为什么如此？除了他是一位严守朝廷法令的顺民之外，因为在他二十二岁那年，江南发生的著名“奏销案”，对各地的秀才产生了极大的威慑力量。那一年，江宁巡抚朱国治把拖欠赋税的江南绅衿一万三千人选册上报，加以“抗粮”罪名，凡是没有及时交纳赋税的秀才、举人、进士，全部被革去功名。有一个退休的官员曾为探花，因为仅仅拖欠一文钱，也被革除功名，故有“探花不值一文钱”的童谣。为了避免催税的人登门，蒲松龄宁可自己吃不饱，也得留下纳税的粮。他的《田家苦》诗里写道：交税最令人头疼，这次的税还没交完，下一次的又来了，只好剜肉补疮。邻家因为交不上税已经把孩子卖到南方去了，那可怜的妇人天天在家里哭孩子，他自己也为了纳税发愁，催税的人拿着县里的公文大声喊叫他的名字，小儿子把酒摆到堂上招呼着税吏，他自己跟妻子在院子里紧张地小声商量：从哪儿找钱交这份税？卖园里的枣？杯水车薪；卖掉家里的这草房？也不值几个钱；向有钱的人借钱？连肯担保的人都找不到！……想来想去，没有别的办法，先把耕牛卖掉吧！管他来年还种不种地？先免去眼前的灾祸！

遇到天灾，蒲松龄更一筹莫展。康熙十二年春天的大旱一直持续到夏天。六月天，滴雨不下，野草焦干。蒲家兄弟为了养家糊口都在外边坐馆教书。蒲松龄收到

弟弟的信，向他诉苦，说家里已经揭不开锅了，希望三哥能帮助他渡过难关。蒲松龄自己家里的人也吃不饱。一个女儿，三个儿子，都是长身体的时候，靠他在外边教书得到一点极为微薄的薪水，也不能根本解决问题。两个兄长是不是好一点？兄弟分家时，靠了两位嫂嫂的争抢和精明，两个哥哥在家产上占尽了便宜。随着人口的增多，他们两家的日子也越来越不好过了。大哥衣不掩胫，二哥食不果腹，兄弟四人一起陷入了困境。谁也无力拉亲兄弟一把。蒲松龄恐慌万分，好像自己整个家族面临深渊，一不小心就会一败涂地，不可收拾。

日常生活已经十分困难。天气干热异常，蒲家没有粮食可以做干粮，刘氏只好煮了一锅麦粥给大家喝。麦粥刚刚煮好，热气腾腾，饥饿的孩子们已经满头大汗地把热锅围了起来，叽叽喳喳地吵着：饿了！饿了！快盛粥啊！大儿子先把饭勺抢到手，饭勺从锅底捞稠饭的声音，大声地喝粥的声音，更加引起弟弟妹妹的饥饿感。二儿子还没有多少力气，端着饭碗在大叫："还有我呢，让我盛粥啊！"刚刚学习走路的小儿子，也像饿鹰一样扑了过来，踢倒了地上的衣盆，自己也摔了个仰面朝天！最懂事的女儿肚子也很饿，却小心地看着父亲的脸色，不敢向前跟兄弟们抢……孩子们的争吵声，喝粥声，一声一声地叩击着蒲松龄的心弦。尤其那可爱的娇女，那么懂事，让他又心疼又心酸。他担心，刚刚收过麦子，

家里的人就饿成了这样子，田地里，早秋作物已经旱死，晚秋作物根本种不上，到处都是十家有九家挨饿，可是县里讨税的人还是紧追不舍！瓮里还有一点儿余粮，必须留着交纳官税，交完了税，粮食也就光了，这些饥饿的孩子怎么办呢？

雨还是怎么也不下，秋粮又是毫无着落。能不能报灾请求朝廷减免税收？官员们不肯，因为一报灾，百姓的税收免了，他们从哪儿格外加收税款？县衙里的官吏大模大样地对要求报灾的请愿民众说：哪个说天旱庄稼长不好？你们看，院子里的大树不是照样郁郁葱葱？

大灾之年，朝廷为了平三藩，在正常徭役外，增收供兵、供马、供应夫船、米粮草豆各类杂税，于是，县衙里催科之声不绝于耳，因为欠税被抓的百姓络绎不绝。

蒲松龄生活在最底层，自己的儿饥女啼，引起他对十室九空的乡民的联想，困守穷庐的秀才跟普通百姓命运相同。他为了交不上税而愁肠百结，跟心力交瘁、顶风冒雨在田间劳作的农人一样，对纷纷聚集于田间的田雀深恶痛绝：

> 我谷费苦辛，尔乃饱嬉使我饿，雀乎雀乎何不仁！
>
> ——《田雀行》

他也会跟农人一样，看到久旱逢喜雨，草木复苏，绿色满园，而高兴异常。因为捐税的重负，在风调雨顺

的年月，他也跟普通百姓一样，似乎仍然生活在灾荒之中。他的《田间口号》一诗就写出这种农民式的担忧：

日望饱雨足秋田，雨足谁知更黯然。完得官粮新谷尽，来朝依旧是凶年。

康熙十三年（1674 年）腊月二十三到了，按传统习惯，这是“小年”，外出谋生的人都回到家中，全家团圆，饮酒欢宴，送灶王爷升天，向玉皇大帝汇报这一家一年的事情。按照传统，都要给灶王爷摆宴，请他吃好的，从而“上天言好事，下界保平安”，齐鲁风俗，要用很黏的“糖瓜儿”，糊起灶王的嘴，不该说的话，不要向玉帝说。蒲松龄终年在外教书，得来的微薄收入，应付完繁重的赋税和家庭日常开支，已经“如火燎毛”，一哄而尽。孩子们叽叽喳喳地叫着，要吃好东西，要新衣，要过年。真是家徒四壁！连祭灶王爷的酒菜都没有。老老少少吃什么呢？灶王会不会因为供奉不好，去向玉皇大帝进谗言呢？家无长物，好容易弄了几杯浊酒，再在瓦炉点上几炷香，已经拼其所有了。神灵不会因为招待寒酸而上天说坏话吧？谁都知道，大河没水小河干，家里没吃的，怎么可能有好东西祭神？灶王每天都看着家里的情况，不是小气，是实在没有。等您到了上界见到玉帝，请代为陈词：让他赐给仓里万钟粟，再从空中抛下万两黄金，那就有钱可用了，明年此日，一定花费许多银钱祭神，那样岂不各得其所？……蒲松龄在《金菊

对芙蓉》词中，以调侃的口气写到自己的困难家境，对艰苦困难，以轻松口气做了深刻描写。

他有一首《喜迁莺·岁暮作》则用欢快的笔触写自己的清贫生活：炊烟袅袅，正浓浓地点着茶汤，煮着面片。年底总算把官税交完，家里还稍有余粮，妻儿还都算健康。终岁不知肉味，过年了，都想解解馋。没有能力杀猪宰羊，杀只鸡吧，拴住了鸡，孩子们高高兴兴、磨刀霍霍。最听话的女儿携着酒壶给爹爹斟酒，妻子忙着洗刷碗碟，二儿子懂事地爬上床，说“我给爹爹抓背！”最小的一个儿子，看到灯火通明，也不去睡了，在床上爬来爬去，想抓矮桌上的饭菜……蒲松龄想，交完了官税，家里有点儿余粮，妻儿都平平安安，家庭和和乐乐，能享受这天伦之乐，不比富豪人家销金帐里浅斟低唱还好？

蒲松龄于康熙十年从南方返回，度过七八年艰难困苦日子，虽然他想尽了办法让家人温饱，却始终未能如愿。在康熙十七年，他将近四十岁，生活仍然处于贫困状态。他的《养猫词》生动地描写：家里养了只懒猫，它只会首尾相接，眠在床头，对于来往在主人衣物和粮瓮之间的老鼠不闻不问。老鼠们翻盆倒盏，唧唧啾啾，宛如聚族来食，主人拍枕大骂：“我当揪下你们的脑袋来！”老鼠寂然伏听，待会儿好像在耳语：“你能怎么着我们？”毫不惧怕地继续在粮瓮边叫。主人气愤地把猫从

床上推下去，猫懒洋洋地爬回床上，酣睡如故。主人气呼呼地打它，它只是“喵呜”几声，跳窗跑到外边去了，仍然不管老鼠的事儿……这首诗，似乎是游戏之作，其实却与作者的贫困生活息息相关，作者为什么要跟一只猫生气？因为他家无长物，只有一只可以容纳五斗粮的瓮，孩子们哭着要求吃面食，他都舍不得往外拿，他得留着这些宝贵的麦子，卖掉它，交纳官税！老鼠偏偏要来侵占这珍贵的粮食，他怎么能不怨恨那只知睡觉不知捕鼠的猫呢？

为了让家人塞饱肚子，蒲松龄不得不卖文为活。因为十九岁时就在县府道三试中名列第一，大家都知道蒲秀才的文章写得好，官绅之家又知道他曾经替孙蕙做过幕宾，文字交往驾轻就熟，于是，请他代笔写文章的人越来越多。

康熙十二年七月，新城王士禄去世，他是大诗人王士祯的亲兄。淄川退休的贵官高珩是王士禄的亲表弟，为拜祭表兄，请蒲松龄代写了《祭新城王西樵先生文》。这篇祭文恭维较之乃弟寂寂无闻的王士禄是桓台和东南沿海知名文人，以美妙的文章传名于京城：“桓台佳士，东海文人，笔花散采，早达枫宸。”并用几句对仗工整的骈句形容他在故乡的为人和威信：“田夫不妨泥饮，邻翁可以共酌，族党沐其余泽，乡邻化其素仆。”因为这文章

是祭文坛盟主王士祯亲兄，所以很快为人传诵。过了没多久，蒲松龄又替人写了一篇祝贺孩子考中秀才的信《贺安凤泉子游武庠序》：“金鞍玉勒，散锦幛之桃花；绶带劲裘，见飞星于柳叶。”用十分恰当的典故写一位考中武秀才的少年，文章写得洋洋洒洒，传为佳话。一时之间，淄川有头脸的人物都知道：需要写什么既应景又有文采的文章，可以请蒲秀才代笔。当然，需要付出一定的“润笔”。

烦恼接踵而至，退休的高官，有钱的士绅，乡里乡亲，请蒲松龄代笔写文章的人越来越多。应酬文章真是无所不写，无所不包。今天，替张家写欢声绣阁的婚启，形容这家的女儿如仙女谪凡，那家的儿子如玉树临风，写得欢快之至；明天，替李家写号啕墓前的祭文，表达生死离分、鬼众人稀的感慨，写得万分悲痛；今天替那个村建桥写疏；明天替这个村盖庙写序；真乃挖空心思，如牛负重。蒲松龄是个要面子的人，他接到亲友之托，就全力为之，不肯敷衍了事，力求让文章既符合求写者的身份，又符合所写事的要求，还得用大量的典故，有飞扬的文采，显示出捉刀代笔者的学问。祝贺某人得了个老生儿子，就要搜肠刮肚，写出“孕月老蚌，实产明珠；迟暮秋蝉，是生桂子。”用老蚌和秋蝉的比喻，祝贺晚年得子，可算得上喜庆又巧妙。一个姓郑的做了监生，本来极平常的事，却要拉扯千年前郑玄的事迹：“司农之

教，婢而能文；尚书之声，门乃如市。”替人祝寿，就写“鼎钟不朽，口碑常有”。替人致祭，则写“遥闻哀讣，酸撼心胸。”……真是好话说完，谀辞用尽，高帽伎俩无所不至，虚与委蛇得心应手。

蒲松龄渐渐觉得，无端替人歌哭，不仅是光阴虚掷，而且越来越思维枯萎。有一次，有人托他写篇贺喜文章，已经十天了，他仍然写不出来，几次开了头，没有好词可用，又把笔搁下了。眼看托写文章者就要来取，还是一个字没有，他只好挑灯夜战。谁知，仍然没有那“下笔如有神”的劲头儿！毛笔上的墨，蘸足了，干了，再蘸，再干，还是写不出来！弯弯的月亮已经照到了西边，天气寒冷，冷气一阵一阵地吹进透风撒气的房子。他觉得他那瘦骨伶仃的身体上起了一片一片的鸡皮疙瘩，晚餐时为了省粮，全家总是喝粥，现在已经饿了。家中却没有什么点心之类可以吃，隔夜粮都没有！无意中回头一看：昏黄的油灯把自己的影子照到了破墙上。耸着肩膀，缩着脖儿，冻得张嘴喘气，胡子也跟着一翘一翘，那副德性，活像市面上卖的那钟馗捉鬼图！他不由得自己笑起自己，来了番自嘲：

“喂！你这个又穷又傻的家伙！不觉得苦吗？冷风飒飒，你觉得凉快吗？你一会儿哭，一会儿笑，为的是什么事？人生在世，男子汉大丈夫，该是堂堂正正的须眉男儿，你无端替这个哭那个笑，太没有自尊心了！

“何况：请你写文章的人钟鸣鼎食，你吃的是糠菜粗粮；人家穿的是裘皮绸缎，你穿的是破衣烂衫；你为了这些人终夜彷徨地写文章，不是太悲哀了？

“你受到这样的惩罚，那只不过因为你的操行不够好。为什么？你肚子里没有多少学问，却总是卖弄自己的学问，照我看来，你根本就是无知之辈！胸无点墨，却在那儿一个劲儿卖弄！都是因为世人听信传言不去亲眼看一看你是否真有学问？你就心安理得地认为自己很有学问很会写文章了。甚至于替颇有身份的人写登大雅之堂的应酬文章！你的不自量力，恐怕连笔墨和纸张都会替你觉得难受。你坠入了茫茫孽海，自己却一点儿不知道忏悔！

“况且，你做的事，都是愚蠢的人才做的，明智的人哪屑于做这种事？如果是在深房大院之中，烧着旺旺的炉火，案上摆着美酒佳肴，漂亮的书童在那儿剥枣，你拈着胡须一边沉吟一边写作。生活富裕，环境优雅，文思如涌，也算文人雅兴，可以快乐得忘记疲倦。你呢，呆呆地坐在这儿苦思冥想，忍受着寒冷，趴在冰凉的桌案上，快要冻僵的手抓住毛笔，嘴里冻得直嘘冷气，油灯越来越暗，笔已经抓不住了，单薄的身子被冷风吹着，嘴像将要冻僵的寒蝉在吟唱，脑袋活像缩头的乌龟！把衣服典掉才买来笔砚纸张，却不足数日的耗费。太笨啦！太傻啦！太愚蠢啦！你并不是为了求功名而头悬梁锥刺

骨地映雪囊萤读书，前边没有出将入相的诱饵，后边没有师傅的鞭打和父兄的催促，既得不到多大的利也得不到多大的名，你夜以继日地写这些没有价值的东西，实在是太可笑了！太可悲了！太愚蠢了！”

进行了一番自我教育后，他投笔而起，心想：过去的事一去不复返了，重要的是抓住未来。从此之后，再也不写这些浪费时间和精力的应酬文章了。再也不无端替人歌哭，再也不替他人做嫁衣裳了！他安然睡去。次日醒来，回想昨晚的决心，立志：从今天开始，就要做自己应该做的事情，写自己乐意写的文章。

突然，院外传来了敲打柴门的声响。一大早的，是谁来访？

蒲松龄打开了柴门，惊奇地看到，门外站着自己的一位亲戚，笑容可掬，一手提着一个装着点心和水果的盒子，一手提着一小坛酒。

“你怎么来了？有何见教？这么破费做什么？”蒲松龄一边请来人进家，一边惊讶地问。

客人一边向他作揖，一边恳切地说：“我有件事，烦请您代写篇文章，这点不成敬意的小小礼品，算是给您写文章助兴吧！”

蒲松龄听了，脸上笑着，心里啼笑皆非。如果遵守自己昨天晚上发的誓言，决不再写应酬文章，这位亲戚必定会喋喋不休地劝说，直到答应为止。没办法，再写

一次算了！以后再戒掉应酬文章吧……

这就是蒲松龄《戒应酬文》所写他生活的真实情况。这类应酬文已经到了必须写文章戒除的地步。

根据蒲松龄自己的说法，他维持家计的主要办法是“舌耕笔耘”，也就是说，除了代人写一些应酬性文章，得到小笔银两或日用生活品之外，他的主要生活来源仍然是南游前他就开始做的乡村塾师。根据他的后人记载，他在七十岁前，“岁岁游学，屡设帐于缙绅之家”。而自康熙十年南游归来，他大约有三四年的时间是在离家十余里地的丰泉乡王家设馆。

丰泉乡王家是官宦之家，在明清两代都出过高官，如户部侍郎和侍读学士。蒲松龄在王家坐馆，受到礼遇。他们没有把蒲松龄当作是自己花钱雇来的教书先生，而看作一个有才学的朋友。王家的子弟中，尤以王观正（号“如水”）、王体正（字“长人”）与蒲松龄交好。

教课之余，蒲松龄经常坐在王家书斋，研读古人的著作，考虑“人生”这道难题。他盼望出人头地，出将入相，却没有机会施展自己的才能和抱负，又不能像有钱的读书人那样，退隐山林。文人的清高，使他不可能混迹于渔商，只能暂时以教书为业，等待机会。他总是相信，自己并非没有才能，而是没有机会。他的《咏史》诗将这种怀才不遇的心情写得很清楚：他用诸葛亮的经

历，说明人的价值常常是由社会给他的机遇决定的。假如孔明一直躬耕南阳至白首，哪儿有三分天下的政局？南阳隐士和诸葛丞相难道不是同一个人吗？是时势让一个人地位产生了如此的天差地别！因为没有诸葛亮那样的机会，多少有识之士，只能像没遇到伯乐的骏马，无奈地拉着盐车，悲哀地嘶鸣，即使是块连城美玉，不被认识时，只能当成一块顽石！在世态炎凉的社会里，不得志，就门可罗雀。“宴笑友朋多，患难知交寡”。

虽然下笔千言，却不得不寄人篱下，蒲松龄的心情长期处于不平静之中。为了建树功业，施展才能，许多人不得不降低人格，逢迎拍马，蝇营狗苟，只要有功名利禄，就可以出卖灵魂，与庸俗为伍，与黑暗相安，这是部分读书人因为功名心常常误入之路。蒲松龄却乐意像嵇康、阮籍那样，保持独立的人格，不趋炎附势。几乎每当他苦闷时，就要提到“穷途而哭”“狂搔短发”“把酒问天”的阮籍和怀才不遇投江的屈原。他经常写：“歧途惆怅将何往？痛哭遥追阮嗣宗”，“怀人中夜悲天问，又复高歌续楚辞”。

阮籍、嵇康是不与世俗同流合污的“竹林七贤”，他们保持自我尊严的傲岸精神，给历代大文人如早于蒲松龄的李白和晚于蒲松龄的曹雪芹以精神鼓舞。蒲松龄虽然不像李白那样出身豪富并有过“天子呼来不上船”的经历，不像曹雪芹生长贵家，有钟鸣鼎食的家世和家产

抄没的跌宕人生，却跟这两个文人，在精神上相通：都像阮籍那样，我行我素，不阿权贵，不降低人格。蒲松龄主张：要让自己的文章千古流芳，须首先为人顶天立地。不要为改变命运低眉求人，要保持傲骨和清高。他读古诗时，读到宋之问的诗，经常厌恶地丢到一边。甚至恨不能拿刀把书上宋之问的那一页挖去。有一天，他读唐人的诗选，读到《明河篇》，“洛阳城阙天中起，长河夜夜千门里……南陌征人去不归，谁家今夜捣寒衣?”清隽高雅，俊美之至。他读得爱不释手，再读一遍，还是喜欢得不得了。读完后，才惊讶地发现，这首诗就是那个因为谄附张易之被贬官的宋之问所写！他失望极了，诗写得如此好，人品却那样龌龊！真不可理解。

蒲松龄有首《沁园春·戏作》，题名“戏作”就是游戏之作，写自己打算把小人“伪为”一番，以摆脱贫困的处境。词中写自己早生华发，却依然保持着年轻时的纯洁，在这个不洁的社会中，总是无着无落。像天上花朵被谪到人间，看到那些肮脏人物，跳梁小丑，总是能得意，是不是模仿他们的作为，做做小人，花言巧语骗人骗官骗富贵，装出一副鬼面在人世招摇过市？……结果，却跟本性相违背，即使做了一点儿违心之事，也得告诉上天，那不是自己本意：

鬓发已催，头颅如故，怅怅何之？相溷边花朵，今生误落，尘中福业。前世或亏。龌龊佣奴，跳梁

伧父，举足能教天意随。思量遍，欲仿他行径，魂梦先违。常期勉改前非，须索把小人一伪为。要啁啾善语，怜人似燕，笑号作祸，迕世如鸱。赚得苍苍，抛来富贵，鬼面方除另易衣，旋回首，向天公实告：前乃相欺。

蒲松龄在王八垓家教书时，写下教育其子弟《为人要则》，以格言形式将自己的人生观和处世哲学归纳为：正心；立身；劝善；徙义；急难；救过；重信；轻利；纳益；远损；释怨；戒戏。

蒲松龄认为，人生在世，首先需要卓然自树，于仇怒丛中牢牢地立住自己；于风波浪险中，立定脚跟。要和正人君子交往，要做正事。只有站得正、坐得直的人，才能得到别人的尊重。他把孟子"人之异于禽兽者几希"的话加以具体阐发：人和禽兽最重要区别就在于，人有"正气"，丧失了正气的人就邪念丛生，奸盗邪生，甚至于骨肉相残，同室操戈，众人视之如盗贼。这种人还能算是人吗？

他把选择朋友、结交朋友看成了人生极为重要的事。看一个人，有时候常常要先看他交什么朋友。有好朋友朝夕相处，就可以读诗书，言道义，讲孝悌忠信，可以济困扶危，丢弃恶习而学习有益的本事。应该舍弃酒肉朋友而结交品德高尚之士。朋友之间，则必须恪守道义，不辞劳苦，不避怨，直至生死不二。朋友之间平时可以

互相激励，急难时可以互相帮助，还可以成为诤友，成为择善良友，对于一时迷于声色，发于暴怒的朋友，忠言相告，不可以隔岸观火，不关痛痒，更不应当阿谀唯诺。朋友间不要嬉笑喧闹，说低级下流的话。

蒲松龄主张，一个人在社会上，要想得到人的尊重，必须加强自己的道德修养，要重信誉，重然诺，对人要披肝沥胆，知道一言出口，驷马难追；要轻利，不要因蝇头小利锱铢必较。受人之利，要没齿不忘，与人之惠，则漠然处之。要谦虚自重，对一切劝善规过的忠言，都要言听计从，对一切奇技淫巧、赌博游荡、无赖之徒，都要敬鬼神而远之，对乡里之间的鸡毛蒜皮争执，要平心静气，息事宁人……

蒲松龄的《为人要则》是写给他的学生的。这些道德准则当然是从孔孟之道出发的，但包含了千百年来劳动人民的优质品德。蒲松龄自己正是按照这样的准则来行事的。当年与他青春结社的好友王鹿瞻因为怕老婆，让老父亲流离他乡，奄奄待毙。王鹿瞻居然漠然置之。俗语说“清官难断家务事”，又说“打人莫打脸，骂人莫揭短”，王的很多好朋友都熟知此事，却装聋作哑。蒲松龄知道后，立即拍案而起，义愤填膺地写信把王鹿瞻痛骂一顿：“兄不能禁狮吼之逐翁，又不如孤犊之从母，以致云水茫茫，莫可问讯，此千人之共指！”他严正地指出，王之所作所为，是人神共愤的丑事！正气凛然地要

王鹿瞻“速备材木之赀，戴星而往”处理父亲后事，倘若老父“骸骨无存，肉葬虎狼”，不仅自己无法做人，还会受到亲朋的指责和官府的追究，“恶名彰闻，永不齿于人世矣!”

蒲松龄对王鹿瞻这类缺乏道德的世态深恶痛绝，而且将其作为自己小说的重要内容，他以王妻作为原型，创作出名作《马介甫》，小说中的殷氏，虐待老人如对奴仆，让其冬天没有棉衣穿，最后还流浪在外，不得不做道士。蒲松龄用自己的生花妙笔，让悍妇受到了应有的惩罚：她不仅再也不能在家中作威作福，反而阴差阳错，做了屠夫的老婆，稍不如意，就被毛梗拴住锁骨。

蒲松龄一直耿耿于怀的，是“途穷书未著”。他干脆把自己比作穷居著书的汉代作家扬雄，认为自己即使科考不得志，最终一定能像扬雄那样以文学成就垂名千古。那些讥笑他的追求的人，只不过是看不出鸿鹄之志的小燕雀儿，他们怎么能够理解扬雄式的志向？他的《咏怀》诗写道：“独向陇头悲燕雀，凭谁能解子云嘲?”

但照他的朋友孙蕙看来，蒲松龄之所以没有考上，固然因为考场黑暗，公道不彰，也因为他没有把自己的精力全放到八股文上。正是他所喜爱的文学事业耽误了他的前程。孙蕙给蒲松龄的信中说：寂寞地待在异乡，本来以为好朋友的喜讯可以让自己高兴一点儿，没想到你这么不走运，我写的荐举信竟然一点儿不起作用，耽

误了朋友的远大前程，实在抱歉！老朋友是个绝顶聪明的人，只要把主要的精力放到应制文的研习上，必定能够取得好成绩！只是老兄太喜欢放纵自己的写作才能了，把时间和精力放到了对科考没有什么用处的地方。希望此后改变这种爱好！孙蕙还给蒲松龄寄来了他亲自编选的江南闱墨（即江南中举者的文章），供蒲松龄参考。希望他下一次可以一飞冲天！

孙蕙劝说蒲松龄要“敛才攻苦”，意思就是不要不务正业，去以“鬼狐史”抒写“磊块愁”。在孙蕙看来，写小说的雕虫小技跟科举要求风马牛不相及。必须放弃这样的爱好才能在科举路上走向成功。

蒲松龄确实想按照世俗观念，走这条合乎常规的路，科举的路，飞黄腾达的路，光宗耀祖的路。他终于没有走成功，固然因为这个制度已经十分腐朽，也因为，从年青时代开始，蒲松龄就有了一个根本不符合科举要求的爱好：“雅爱搜神”。

早在康熙三年（1664 年）蒲松龄只有二十四岁时，张笃庆写诗以晋代的张华比喻蒲松龄。他写道：“司空博物本风流，涪水神刀不可求。”意思就是：蒲松龄喜欢像张华写《博物志》那样收集写作虚无缥缈的故事，那是于人生事业无所补益的。张笃庆从爱护朋友出发，一再劝说他，分清人生的主次，“聊斋且莫竟谈空”，十分明确地劝说蒲松龄放弃小说的写作。

在当时，掌握八股文是正途，学习爱好诗歌，也可以在仕途上“曲径通幽”。可以因为写诗的名声，得到试官的注意和官场那些有文名的达官贵人的荐拔。蒲松龄既没有把全部精力放到举业上，也没有把练习写作的主攻方向放到诗歌上，却从青年时代开始就进行《聊斋志异》的创作。一一考证蒲松龄哪一篇作品是产生于什么年代，是比较困难的，但至少我们可以确定这样的事实：蒲松龄有写作志怪小说的爱好，有“闻则命笔”的习惯。因为他见缝插针写作《聊斋志异》，还给朋友们造成了极深刻的印象，使得他们认为，蒲松龄之所以总在科举考试中冲不出乡试一关，那主要因为，他没有“敛才攻苦”，他太喜欢“谈空”。

更有甚者，蒲松龄不仅坚持自己喜欢搜奇猎异的小说爱好，而且走得更远，他从青年时代开始，就对民间俗曲发生了强烈的兴趣。

16 世纪，时调小曲在民间流传很广。“山坡羊”“银纽丝”“耍孩儿”“罗江怨”“打枣杆”，地不分南北，人不分男女，家传户唱。其内容，则以“情曲”即以演唱男女恋情者为主。这种时调小曲是不受古诗韵律限制的诗歌形式，因为其生动活泼，特别富于表现力，得到了很多文学家的喜爱，蒲松龄也迷上了这种艺术形式。

康熙五年秋天，二十六岁的蒲松龄听到这样一件真事：邻村有位贤惠而不幸的少妇，他十分爱自己的丈夫，

丈夫却偏偏是个朝三暮四、寻花问柳的浪子。经常游荡在外，终夜不归，这少妇却不管刮风下雨，不分春夏秋冬，每天苦苦等待丈夫到深夜。蒲松龄同情少妇的不幸，感叹她的忠贞，就以这少妇的口气，写出一首《夜雨思夫曲》。

康熙六年春，二十七岁的蒲松龄在淄川王村教书，村边有个古城，他经常去散步，与隐士、农人、樵夫聊天，听当地的奇闻轶事，经常在溪头与人们席地而坐，一谈就是大半天。他的邻居是个有钱的青年，有一次，两人谈起各地的风俗，那少爷神采飞扬地谈起了自己结婚时的情境，讲得眉飞色舞。蒲松龄觉得很有意思，马上创作了一首《新婚宴曲》。

类似的小曲，蒲松龄写作了近百首，这些小曲，采用民歌形式，运用人民口头上生动活泼的语言，如行云流水，清新流利。这些小曲不仅是作家蒲松龄写作成就的一部分，且开其中晚年重要的写作方式、俚曲写作的先河。

正是因为过着与平民百姓一样的生活，蒲松龄的作品中较之历代作家都更具有平民色彩。他青年时代写的俚曲《穷汉词》大概可以算得上古代作家中对于雇农生活最真切形象的描写。《穷汉词》写一个雇农整年累月、扭筋拔力地劳作，却总是衣不遮体，食不果腹，“粮也欠，米也欠，粮食粜得没一石，衣裳当的没一件。”官府

催税，当铺盘剥，狗腿逼债，使得他清锅冷灶，少吃无烧。《穷汉词》用劳动人民生动活泼的语言把贫苦农民身边琐事和日常烦难写得入木三分，有时候采用奇妙的取笑话，写贫苦雇农捉襟见肘的生活：

只说窟窿天样大，还有大其天的窟窿！

墙又塌，屋又倒，大风刮了屋上草。又少裤，又少袄，孩子哭，老婆吵，都说不如死了好！

孩子热了穿上袄，腚冷了戴上帽，饥困了喝凉水，撑得吱吱叫。剩下个老婆儿，身上还没根线条儿！

《穷汉词》通篇用穷汉自嘲的口气，用幽默诙谐的语言，巧妙地挖苦财神：

爷爷，爷爷，你是个什么意思？我亟待扬誉扬誉你，怎么不肯和我见面？

掂量着你沉沉的，端相着你俊俊的，捞着你亲亲的，捞不着你窘窘的，望着你影儿般般的，盼杀我昏昏的，穷杀了我可是真真的！

跟《穷汉词》异曲同工的是《闹馆》和《学究自嘲》。

蒲松龄在这个时期写的《闹馆》和《学究自嘲》，细致形象地反映乡村塾师的生活，具有相当强的自传色彩。因为作者对生活的熟悉，观察生活的深入和描写角度的新颖，向我们展示了那个时代穷苦乡村教师生活的基本

方面。

《闹馆》的主要内容就是写一位穷苦乡村教师委曲求全以求得一个教书的落脚之地。主人翁名“和为贵”，是个家境十分贫寒的读书人，为求生路，不得不像沿街叫卖的小贩一样，作仿圈敲动手板，在街上“叫卖”自己的教书本领。他遇到一个既想教儿子读书，又不想多花钱的人，叫“礼之用”。和为贵低声下气地请求礼之用接收自己，礼之用就再三降低报酬条件，和为贵一再表示：什么条件他都可以接受。礼之用说：我请先生，可是一天只管两顿饭，且是小米干饭和高粱饼。和为贵忙说：君子谋道不谋食，“既饱以德，言饱乎仁义也，所以，不愿人之膏粱之味也”。礼之用又说：我们家供先生用的被子可是又短又薄，还没有枕头只能枕砖块。和为贵忙回答：“孔夫子有言：‘曲肱而枕之，乐也在其中矣。’何况有砖乎?”礼之用表示，他还得因为种种原因扣除原先讲定的若干工钱，还要先生到破庙教书，和为贵也答应说：好啊好啊，我一定按时打扫那破庙，不叫神佛断了香火！礼之用又说：如果下雨淋湿了我儿子怎么办？和为贵忙说：背学生非挟泰山以超北海，刮风下雨，我对学生管接管送！最后，这位穷苦的教书先生干脆声明，他乐意像雇工一样替东家服务：

> 放了学饭不熟我把栏垫，到晚来我与你去把水担。家里忙看孩子带着烧火，牲口忙无了面我把磨

研，扫天井抱柴火捎带拾粪，来了客抹桌子我把菜端……

教书先生情同仆役，这就是下层读书人的不幸。因为一心读圣贤书，一心登天子堂，他们都是像蜗牛一样缩进宋儒的经典中，不愿学习那些可以谋生的手段，只肯呆头呆脑地钻进“子曰诗云”中，成为百无一能的陋儒。《闹馆》里边的和为贵感叹自己：“想当初念书时错了主意，倒不如耍手艺还挣吃穿”。读书让人如此穷困，他这位教书的却偏要许愿：他教的学生保管三年中秀才，六年中举人，七年中进士。这一辛辣讽刺，把科举制的欺骗性写活了。

《学究自嘲》是“自度曲”，顾名思义，就是写自己的。作品用朴素通俗的语言，写出类似于长工的塾师生涯。对贫寒知识分子的神貌心理，有逼真的刻画。它按一年十二个月次序写成。引子写出塾师的社会地位和苦恼：为师苦，为师贱，“半饥半饱清闲客，无锁无枷自在囚”。然后一个月一段，细写塾师一年生活。一月初到，未进馆，先小心地向仆人探问：东家的脾气如何？进馆后，对东家的为人暗暗想，细细参，怕得罪他。开头吃得尚可，但仅仅是初见客气，第二天就没了馒头，住的是破炕，连枕头都没有。二月写塾师没有行动自由，连朋友都不能看，东家要求塾师把全部精力都放到教孩子上。三月写东家欠资不给，先生本以为这个月可以得到

“黄边钱两三吊”接济家中，结果却成了海底捞月。向东家讨工钱碰一鼻子灰，无可奈何，还得赔笑，没有办法养家，只好典当，“今天当了裙，明天当了袄”。四月写吃得越来越不好，“长斋”吃素，无鱼无肉，无葱无韭无蒜薹，只有粗饼夹野菜。五月写东家终于发善心，给了一点儿工钱，塾师举家受宠若惊。六月写教书之苦，伴着顽童过炎夏，“黄口乳臭薰函丈”，“破喉哑嗓千万腔”。七月写思家的苦闷：“红颜有夫常守寡，书生有妻伴孤灯”。八月怀乡，九月悲秋，十月就挨冻，“有炉无火炭难添”，“室如悬冰灶无烟”。十一月先生受尽了苦楚，决心不再教书。十二月旧馆结束，又无其他路可走，只好考虑再找新馆。

《闹馆》和《学究自嘲》，写穷苦底层知识分子的生活真是入木三分，文字似轻松实沉痛，似诙谐实酸辛，“天哪天，好容易端的人家碗”！

于是，年青的蒲松龄走上了一条荆棘丛生的道路，小说、俗曲的生动文笔和自由格调，跟绳捆索绑的八股文，冰炭不相容。前者具有对生活寻幽烛微的观察和对人生的活生生再现；后者要求抱残守缺、恪守一切僵死的封建教条。小说、俗曲是蒲松龄的爱好，是他灵魂深处的呼唤，使他如鱼得水，似鸟归林；八股制艺却是他在社会上求闻达、求温饱的需要，使他如苍鹰被缚，似雄狮被囚。有时，他可以像大鹏，飞翔在文学的碧空；

有时，他不得不做燕雀，局促于八股的蓬蒿之间。

蒲松龄像一只张开了不平衡双翼的飞鸟，一边是文学之翼，一边是科举之翼。文学之翼，势在凌云；科举之翼，日薄西山。这决定了蒲松龄充满希望和失望，充满幻灭和鼓舞，充满失败和胜利的生活，决定了他作为封建时代不得志知识分子穷困潦倒的一生，也决定了世界文坛“短篇小说之王”璀璨明星的升起。

设帐绰然堂

康熙十九年（1680 年），淄川又是少见的灾荒年，夏旱数月，豆子谷子的叶子都打了卷儿，粮价飞涨，路有饿死骨。蒲松龄的老母经受不住大灾之年的煎熬，病情日渐沉重。昼夜不能平卧，叠起几个枕头倚坐。转侧便溺，事事需要人照顾。蒲松龄事母至孝，向东家请了假回家，侍候老母亲，端水喂饭，四十多天，衣不解带。两兄一弟，不过偶尔过来看看，只有蒲松龄独任其劳，又悄悄给母亲准备下寿衣。

有一天，天已二更，灯光荧荧，神思昏昏的董氏强睁双目，只见蒲松龄眼含泪水守在床前，董氏老夫人呻吟道："累煞尔矣！"此后不久，董氏与世长辞。

失去老母，蒲松龄痛摧心肝，更令人难

过的是，兄弟四人连稍微像样安葬母亲的钱都没有！幸好王如水知道老师的处境，倾囊相助，蒲松龄的母亲才得以体面地入土为安。这笔安葬母亲的费用，直到六年后还不能归还。王如水虽然出身富贵之家，实际是拆东墙补西墙帮助老师，六年后王家的晚辈结婚需要用钱时，因为蒲家仍没还上债，王家的人就埋怨起来。蒲松龄有一首诗写此事：

衔恨不在大，乘厄令心伤；受恩不在多，饥食感斗糠。所中在魂魄，刺骨焉可忘？慈帏昔见背，正值年岁荒。猝谋周身具，时势何匆忙！兄弟相痴对，枯目以仓皇。思欲贷知己，所识无膏粱。况遭天年凶，粟粒等夜光。谁肯当此际，剜肉医人疮？王生闻此变，慷慨倾错囊。君虽贵介裔，实无升斗藏。自觉心太忍，分薇於首阳。国士重一饭，没齿结中肠。恨为啼号累，数载不能偿。闻君苦婚嫁，交谪起帏房。我乃负君贷，无乃太乖方！清夜时一念，身如负刺芒。咨嗟述往事，妻子俱沾裳！

——《薄有所蓄，将以偿所负，又为口腹耗去，深愧故人也，慨然有作，情见乎辞矣，寄怀王如水》

更让蒲松龄担心的，是他的妹妹嫁了个不务正业的“匪人”，只知吃喝嫖赌，常年游荡在外，不顾家人死活，后又遭到官司，株连妻儿。蒲松龄的妹妹只好求在淄川

算得上头面人物的三哥帮忙向县官说情。蒲松龄向来坚持秀才要“片纸不入公门”，为了妹妹也只好去向十分尊敬他的县令求情……胞妹的不幸，使蒲松龄对下层劳动妇女的生活有了更多了解，并成为他作品的主要写作内容。

在老母去世的前一年，康熙十八年（1679 年）。蒲松龄获得一个比较优裕的教书环境，到西铺显宦毕际有家教书。

毕家在明末是名门望族，毕际有是清初的知州，其父毕自严号白阳，官至明户部尚书。蒲松龄设帐于白阳老人题写匾额的绰然堂，堂中陈设华贵，楠木茶几上，有一架粗大的黄杨木根雕成的木影炉，有宋代米芾玩赏过的海岳石，还有一块怪石，玲珑剔透，顶端宛如缀了闪烁发光的珍珠，用水一涂，立即有三颗星星闪光，故名曰“三星石”。蒲松龄的卧榻也是艺术品，紫红色的床围上，明代大画家冯起宸画的竹子似乎可迎风摆动。蒲松龄白天在这儿教学生读书，夜晚自己挑灯夜读。

根据蒲松龄记载，绰然堂内有“两师六弟”，其中一师不知何人，估计有可能由毕际有之子毕韦仲亲自担任。几个孩子，小的刚刚数龄，大的将近成年，蒲松龄教毕家子弟读“四书”“五经”，学制艺文，教“事亲敬长之节，威仪进退之文”。他还根据自己的爱好引导弟子们学习诗歌写作，研读庄子和列子。他认为这才是“千古之

奇文”。而时文家不过是“窃其唾余”，“借杨老之糟粕，阐孔孟之神理”。他还常常带学生到济南参加考试，可惜，他的学生不仅没一人考中举人，文章也没有学好，蒲松龄文集中有代弟子写作的文章就是证明。

蒲松龄的《绰然堂会食赋》生动地描写教师跟学生一起吃饭的情景：

僮仆急急忙忙走上阶梯，叮叮当当碰响碗，饭来了！门一开，孩子们立即忙起来，小的飞快地跑着找地方坐，大的犹豫着，不好意思向前抢，一个一个，你挨着我，我挤着你；奔跑的声音，拖椅子的声响，像群牛奔跑，像万鹤鸣叫。刚刚坐下，就睁大了眼睛，看什么东西好吃，吵着要这要那。孩子们的身子远远前探像一堵墙，袖子沾上热饭，顾不得擦；一双一双白森森筷子耀眼，一双一双臂膀遮住目光。老师刚一回头功夫，好菜已经被学生抢光了！这个孩子因为没得到自己想吃的好东西，垂头丧气几乎想哭，那个孩子得意地卷起大饼，抓起了肉块，吃得满嘴流油！骨头丢得遍地，衣服都给汤水弄脏……除了夏天的烂韭菜和冬天的大萝卜，孩子们都大吃特吃，噎得双眼直瞪，像鹅一样伸长脖子，嘴巴吞吃的声音从别的院子就能听见，直吃到拄嗓撑肠，才哄然一散……

这种“日日常为鸡鹜争”的情形，让蒲松龄觉得可笑亦可喜。教完了这些孩子，再教他们的孩子，时间长

了，蒲松龄常常弄不清教的是自己的孩子还是东家的，“误将子弟当儿孙”。

号称“三世一品”“四士同朝”的毕家，甲第如云，气派豪华。毕自严曾在家中构筑一个大花园，名“石隐园”。园中桧柏蔽日，集花为篱，树丛中有美丽的亭台，有尚书大人当年晾官服的“振衣阁”，气势雄伟；阁前两株松，一株树干挺拔，亭亭直上；一株树冠如蝴蝶展翅，名曰“蝴蝶松”。园内藤萝抱壁，松柏绕墙，海棠花开千朵，牡丹灿似朝霞，木瓜香气四溢，月季盛开，绣球烂漫。园中有石舫、石梁、远心亭，牡丹径，大夫松，连枝桧、薜荔窗、霞绮轩……还有两棵参天银杏，一片森森翠竹。遇到暑热不堪，蒲松龄就移居“山光绕屋树荫浓，爽气萧条类早冬”的石隐园中，读书、写作，他甚至把弟子们都带进园中，师生共同享受石隐园中的清凉：“今年合谋抱卷逃，竟扫庭树诛新茅。花树喜我至，绕屋声萧萧；山禽喜我至，凌晨格磔鸣松梢；两餐往还足二里，归去汗浃如流水。如流水，何妨哉？解襟习习清风来。”

毕刺史的二儿子名盛钜，字韦仲，因长兄早逝，他是家产继承人，蒲松龄先与他相识后，才应邀到毕家坐馆。他刚到毕家，就病倒了三个月，不能管理学生，毕韦仲嘘寒问暖，请医看病，甚至请了巫师替蒲先生送祟。东家与西席渐渐成为金兰之交。二人亲如兄弟，数载连

床，推心置腹。几个学生也跟先生感情极好，先生回家时，学生总依依不舍地送到桥边。坐馆日久，蒲松龄稍生归意，毕韦仲必然盛情挽留，年年岁底都恳请蒲先生下一年一定回来。笃于友情的蒲松龄不忍言别，直教到古稀之年撤帐回家，在毕家待了三十年。师生感情如同父子，他甚至于有过移家西铺依傍门人的打算。

儿子们长成，蒲松龄为儿子分家，儿子各谋一馆教书，平时父子兄弟分散各方，只有节日才能见面，从那开始，蒲松龄才不再为家庭人口负担而操心，加上刘氏善于节约，他的家中才渐渐有了余粮。每到中秋节等团圆节日，蒲松龄骑着马从四十里外的西铺回家，他的儿子们看着白头老父仍然不得不为了生计抛家在外，心中极为不安。这种情况，一直持续到蒲松龄“素丝垂领”，年逾古稀。

到西铺坐馆后，蒲松龄的经济情况较过去大为好转。康熙二十七年，将知天命的蒲松龄有组诗十一首《荒园小构落成，有丛柏当门，颜曰绿屏斋》，写自己的处境，其中一首：

半亩荒园屋渐稠，晓来儿女乱啁啾。长男幸可教诸弟，薄地仅堪饭两牛。明月上床清客梦，凉风送雨醒花愁。丰年谷贱人无恙，何必钟歌羡五侯。

儿子们长大成人，老兄弟分家时得到的荒园，此时

已为儿子们的茅草房占据。孙辈越来越多，像小鸟儿似的在院中叽叽喳喳。大儿子已经考中秀才，可以教弟弟们读书，“有书读任群儿懒，无米炊凭老妇贤”。家中虽然没有多少钱，但有菜蔬充饥，煤火御寒，也就无忧无虑了。只要按时交上官税，就可以学学五柳先生，薄酒下肚醺醺然。“邀取邻翁相对饮，晚菘犹足备盘餐”。更可自慰的是，三代同堂，蒲家后继有人，“完粮过市求梨枣，归去探怀饵幼孙”。

往事像春梦一般，豪情壮志消磨殆尽。大济苍生的愿望已经随岁月付之东流，只求一个安身之地。自己的功名一事无成，也懒得督促儿子们去揣摩如何获取功名了。青年时代的蒲松龄有何等凌云壮志？现在都成了画饼，只不过是一个与山水为友的草野小民，一个不为皇上录用的安分守己的百姓而已。就是儿子们，也不再希望他们出将入相，位列三公，只要他们保持读书人的情怀、雅量、人格，也就可以满意了。

此时的蒲松龄已经不再艳羡汾阳王式的钟鸣鼎食，但求衣可遮体，食可果腹。他向往着宋太医“四休居士”那样的生活：粗茶淡饭饱即休，被破遮寒暖即休，二平二满过即休，不贪不妒老即休。纵然是庭院冷落，更没有什么做官收税的朋友来访，连门前小路都长满青苔，晚霞斜照的寒舍小院里，却清风徐来，绿竹千竿，优哉游哉：“开窗解屣慰飘蓬，日射明霞晚照红。万个还应添

绿友，一钱不用买清风。”

他的另一首诗写道：自己闲居无事，落拓不得志，连鬼都来嘲笑。令人尴尬的是：平日门可罗雀，好不容易来了个朋友，偏偏家里的钱用光了，拿什么来招待故人？只有天上的明月可以用来待客。

蒲松龄是有名气的文人，也是贫窭大众的一员，他的生活始终没有与贫苦百姓脱离。生活的清贫，赋税的重压，灾荒的威胁，他总是和穷苦大众一起感受。他年年客居在外，家中生活虽无断炊之苦，却仍不宽裕。蒲松龄偶然回家，也得像老农一样，检查家中的农作。他的家中虽然是个中等人家，按照官府巧立名目收税、对黎民敲骨吸髓的做法，他却得按照阔人的标准交税，等他尽其所有勉强交够官税后，连买酒的钱都没了，因为交了税如释重负，乐得典衣醉饮一番，他的《东归》写：“系马柴门上旧堂，炉火煨芋话农桑。勉同沃室完官税，强典春衣买醉乡。”

即使丰收，因为税收太重，农民仍不免饿肚子。正税之外，官吏还要加收钱粮。每到收粮时刻，官吏总要请几位头面人物，商量如何加税？头面人物就像在市场买菜的人一样，跟官吏讲价钱，乞求再三，官吏才肯稍稍降低一点儿额外的税收。蒲松龄的诗歌特别表现出对灾荒的恐惧，他看到，西铺面临蝗灾，农民束手无策，邻里之间还因之发生争执，遮天蔽日的蝗虫飞来，疾风

骤雨一般地落到田里，老农急得双目圆睁，喊得口干舌燥；农妇解下破衣悬在竿上驱赶蝗虫；小娃娃也敲着破锅呐喊。蝗虫刚刚被轰走，飞了一圈儿，又落回到庄稼上。看着乌云似的蝗群，蒲松龄不禁设想：蒲家庄的旱情本来就更加严重，谷苗豆苗皆枯死，只有耐旱的高粱才长得齐腰高，如果这些蝗虫往东边飞去，那点儿高粱也保不住了，老天保佑，蝗虫还是不要往东边飞吧！

康熙四十二年（1703 年），山东发生水灾，九十四县尽成灾区。六月中旬，淄川连续月余阴雨未停，又出现虫灾。斗米已涨到千钱，道路上常见饿死之人，榆皮被剥尽，连苦极了根本不能入口的杨树叶也被采摘而尽。蒲松龄家里三十余口人，本来粮食就不够吃，再加上弟弟家总是叫苦叹穷，不得不给他帮助。蒲松龄人在毕家坐馆，却惦记着家中，夜夜难眠，考虑家里那么多人怎么吃饭？毕刺史的侄儿来请他喝酒，盛情难却，他却惴惴不安：一瓶酒就是三百钱哪！普通的一场酒就是十口人一天的饭，何况还有肉鱼吃？面对美酒佳肴，他无法下咽了。

蒲松龄把百姓的痛苦当作是自己的痛苦，渐渐地，他试图探索这苦难的来源。他晚年写的一些诗文，迸发出了夺目的人民性光辉。

康熙四十三年，因为前一年六月以后淄川天旱少雨，秋季无收成，再加一冬无雪，转过年来又一春无雨，淄

川地区田无草青，粮价飞腾，贫民卖儿卖女也难活命。淄川青壮年逃亡者占十分之三，老少妇孺饿死者也有十分之三。人死了没人埋，为飞禽野兽吃掉。大村烟火稀，小村无鸡鸣。流民载道，饥尸遍野。蒲松龄从济南返回淄川，从王村到满井，看到遍地灾情，忧心如焚。在途中，他都不敢到饭店吃东西了，因为说不定会吃到人肉！《饭肆》写道：

旅食何曾傍肆帘？满城白骨尽灾黔。市中鼎炙真难问，人较犬羊十倍廉。

在如此的灾情下，那些父母官做什么呢？他们把逃走的灾民捉住送回原籍，让他们因为可以死到家乡，感谢皇帝的恩典；他们把“丰收”的报告上达皇帝，免得皇帝担心！……

康熙四十六年（1707 年），蒲松龄六十七岁时，康熙皇帝第六次南巡。二月下旬自北京动身，四月底动身返回北京。往返都经过山东，山东巡抚赵世显等地方官随驾接待。为了讨好皇帝，赵世显支付了巨额银两做准备，为此，在山东横征暴敛，榨取百姓血汗。蒲松龄的《齐民叹》写此事：

圣明省春耕，水衡供珍膳。当路何所营？耗金百十万。金非雨自天，两税增民羡。羡金问几何？略抵税之半。愿竭我膏脂，共资尔巧宦。谷尽难取盈，涕泣零如霰。

这首诗的大意是：皇帝圣明，深晓《孟子》“春省耕而补不足，秋省敛而助不给”的道理，到地方上出巡来了。内务府的官员们立即准备精美珍贵的食物。统治一方的守疆大吏呢？花费了百万两银子逢迎这次南巡。这巨额金银可不是从天上像下雨一样地落下来的，他来自官员们在朝廷法定的夏税、秋税之外向百姓额外征税！这额外征税的数目是多少？相当于正税的一半儿！山东百姓乐意拿出自己的血汗钱来，资助你们这些善于逢迎拍马的官员！只是百姓把所有的粮食全交出来，也不够摊派之数，民众的眼泪像下雨一般流起来没完！

这首诗取材于圣祖南巡的实事，赤裸裸地写皇帝出巡如何祸及于齐鲁百姓，表现了蒲松龄的正直和无畏。这样思想深刻、直言干政的作品，在清初的诗坛上，亦属于佼佼者。

能不能考中举人，对于在西铺坐馆的天才作家来说，仍然是件天大的事。

教书同时，蒲松龄仍然努力写作八股文，惨淡经营，以搏一第。他总在因为青云无路而苦恼。他认为自己是一枚尘埋的明珠，只因世人不怜惜人才，他才落拓如此，如沈约一样多病，杜甫一样多愁，他不再以阮籍自况，而以杜少陵自比了。名缰利索还在捆绑着他，但真正的饱学之士想通过“正途”做官，实在难于上青天！康熙

二十二年（1683 年），蒲松龄在代人写的《贺章丘县周素心入泮序》中说：

昔先达困于场屋，语人曰：“进士吾所自有，所隔者一乡科耳。”盖谓“歌鹿鸣”更难于“烧龙尾”也。而自今观之，泮水一芹，较之月中仙桂有倍艰者。

这是一番受尽磨难的自况。蒲松龄认为自己完全具备金殿对策的能力，只是他就是没法通过举人考试这个关口！

康熙二十六年（1687 年），蒲松龄参加山东乡试，因为“闱中越幅”，被取消考试资格，他在《大圣乐》词中生动地描写这次失败：

得意疾书，回头大错，此况何如？觉千瓢冷汗沾衣，一缕魂飞出舍，痛痒全无。痴坐经时总是梦，念当局，从来不讳输。所堪恨者，莺花渐去，灯火仍辜。

嗒然垂首归去，何以见江东父老乎？问前身何孽，人已彻骨，天尚含糊。闷里倾尊，愁中对月，击碎王家玉唾壶。无聊处，感关情良友，为我欷歔。

按殷孟伦、袁世硕先生《聊斋诗词选》解释，“闱中越幅”就是超过了八股文限定的字数。科举考试要求字数不得超过六百字，不得少于三百字，蒲松龄拿到了题目，文思如涌，写得十分顺手，回过头来检查，却惊呆

了：已经超过了限定字数！他因之魂飞出舍，好像一千瓢冷汗浇到了衣上，只恨自己白白辜负了长时期寒窗苦读的辛苦，身体都累坏了，老天爷还是不赏脸！

他被失败折磨得如痴如梦，却马上再为康熙二十九年的乡试再做冲刺！这一年的乡试，试题为“子贡曰譬之宫墙”，“是故君子先慎乎德”，“孔子登东山而小鲁，登泰山而小天下”。头场试罢，考官已经决定录取蒲松龄为解元，谁知到第二场考试时，蒲松龄突然患病，未得终试，又一次失败。蒲松龄真是恼火之至，简直像经验丰富的接生婆把婴儿包倒了，自己这个科场老兵，居然让马上到手的功名飞走了，他的《醉太平·庚午秋闱，二场再黜》写道：

> 风檐寒灯，谯楼短更，呻吟到天明。伴倔强老兵，萧条无成，熬场半生。回首自笑蒙腾，将孩儿倒绷。

五十而知天命后的蒲松龄，仍在跟乡试较劲儿，也仍然一再受到命运捉弄，比较想得开的倒是他的妻子。康熙二十九年乡试失败后，蒲松龄仍“不忘进取”，刘氏劝他说：“君勿复尔，倘命应通达，今已台阁矣。山林自有乐地，何必有肉鼓吹为快哉！”这段话的意思就是：就此罢手不要再考了！如果你命中该做官，现在早已经位居相位了。既然命中没有，安居山林，有什么不好？难道一定得做个往百姓身上敲板子的官才是好事？

蒲松龄仍然首鼠两端。康熙三十九年，他在一封信中说：

> 仕途黑暗，公道不彰，非袖金输璧，不能自达于圣明，真令人愤气填胸，欲望望然哭向南山而去！

他继续在科考路上挣扎着，康熙四十一年，六十二岁的蒲秀才再次为应付乡试写下不少拟表，甚至相信，某件事就是他考中的征兆。他的老伴儿却厌倦了这事，一点儿不动心了。蒲松龄说："难道你就不想做戴凤冠的夫人吗?"刘氏回答说："我这个人没有别的好处，就是知道知足。现在我们有三个儿子一个孙子，都能读书，也饿不着，冻不着，老天爷的赏赐够多了，还再妄想什么?"

蒲松龄退出了科举考试，他自己实在考不动了，又把希望寄托到子孙身上。他的《试牍》写到这样的情况：他责备儿子们，写文章没有一点儿落笔千言的才气，所以才屡考不中。等他看到考试的试题时，他才恍然大悟：这些瞎眼考官是出了个什么试题？简直狗屁不通！原来，这些试官根本不是量才取士，考生能不能考上，完全靠金钱或运气。世道如此，儿子们考不上有什么奇怪的?

康熙四十四年，蒲松龄的两个儿子终于同时考上秀才，他有诗记其事说：

> 小惭小好且勿欢，无底愁囊今始入。

社会黑白颠倒，越是坏人越做大官，越是坏文章越

能考中，小惭小好，大惭大好，考中秀才是好事吗？真正的愁事现在才刚刚开始呢。

康熙四十七年，蒲松龄到济南，恰好遇到科举考试，他触景生情，写了叙事长诗《历下吟》，诗中描写，在科举考试中，考官对待考生，就像隶卒对待罪犯一样，动辄黑鞭击背，呵斥怒骂。考生低头忍受，因为只有通过这个关口，才能取得功名。考官取秀才，就像赌博一样靠运气，儿戏一般轻率，一会儿说某某的文章好，一会儿又一笔抹去其功名。一些有才能的考生本来可以录取，却不仅落榜，还受到考官的羞辱。蒲松龄怀疑：用这样不尊重人、不爱惜人的方式，靠这些沐猴而冠的帘官，从这些忍气吞声以求功名的士子中，能够求出像辅佐商汤的伊尹，辅佐周武王的周公那样的治理国家的贤才吗？……

年近古稀的蒲松龄对科举制度产生了根本性的怀疑，他终于看清，他在里边拼搏一辈子的“棘闱”，不仅在考场周围插满防备考生作弊的棘刺，其精神上更是插满了毒害读书人的毒刺！

对于小小山邑淄川来说，毕府是足够显赫了。方圆百里的达官贵人，如新城刑部尚书王士祯，益都大学士兼吏部尚书孙廷铨，淄川工部侍郎王鳌永和刑部侍郎高珩，都和毕家联络有亲。位卑职小的淄川县官，不能不

照孟夫子的话去做：为政不难，不得罪于巨室。淄川历届县官都要到毕家拜见，毕刺史经常派西席蒲秀才代表自己出面接待这些人，蒲秀才的名气渐渐从民间布于官场。

康熙二十年（1681年），县令汪如龙请蒲秀才到县衙做客。这大约是蒲松龄生平头一次受到父母官的礼遇。他曾写诗感谢这位县官大人，说“一语游扬，重燕石于鼎玉；片言照抚，变寒谷于风烟。”接替汪如龙的县官张嵋上任伊始，也写信请蒲松龄到县衙相会，蒲松龄辞而不往，县令遂亲自登门求见，两人一见如故，成为文友，张嵋曾为蒲松龄科考之事说项，蒲松龄也曾为张嵋的诗集写序。县太爷们礼遇蒲秀才固然与毕府西席有关，但主要是靠蒲秀才自己的文名。张嵋之后的几任县令也都曾亲自登门礼遇蒲秀才。到康熙三十一年（1692年），蒲松龄已年过五旬，山东按察使喻成龙派县令周统到毕府礼请蒲秀才到济南做客，蒲松龄以身体不适推辞，经毕际有劝说，乃肯一往。他在济南为喻成龙题写《梅花诗屋图》，在府中逗留数日才返回西铺。

岁月如梭，蒲松龄在毕家一住就是三十年。

生活如涓涓细流，无甚骇浪惊涛，如果简单概括蒲松龄在西铺的生活：可以说：因为常代刺史出面招待访客，更因为自己的才气，蒲松龄的才名在山东鹊起，但他一直人淡如菊，清高拔俗；他的家境渐渐由贫困进入

小康；他继续在科举路上挣扎，直至白发苍苍，一事无成也看透了科场；最主要的是，在这漫长的三十年中，他一直在刻苦写作，特别是矢志不移地创作、修订《聊斋志异》。

终生磨一书

康熙十八年（1679 年），《聊斋志异》初步成书，蒲松龄写了《聊斋自志》：

披萝带荔，三闾氏感而为骚；牛鬼蛇神，长爪郎吟而成癖。自鸣天籁，不择好音，有由然矣。松，落落秋萤之火，魑魅争光；逐逐野马之尘，魍魉见笑。才非干宝，雅爱搜神；情类黄州，喜人谈鬼。闻则命笔，遂以成编。久之，四方同人又以邮筒相寄，因而物以类聚，所积益夥。甚者：人非化外，事或奇于断发之乡；睫在目前，怪有过于飞头之国。遄飞逸兴，狂固难辞；永托旷怀，痴且不讳。……独是子夜荧荧，灯昏欲蕊；萧斋瑟瑟，案冷疑冰。集腋成裘，妄续幽冥之录；浮白载笔，仅成孤愤之

书；寄托如此，亦足悲矣！……知我者，其在青林黑塞间乎！

《自志》是《聊斋志异》初步成书所写，唐梦赉和高珩写了序言。

蒲松龄是在南游归家的日子结交两位退休显宦的。高珩曾任刑部右侍郎，他既是大诗人王士祯的表兄，又是蒲松龄好友张笃庆的岳父；唐梦赉曾任秘书院检讨。这两人虽为贵官，却对蒲松龄以文友相待。蒲松龄也很敬重能够对贫寒读书人平等相待的二位长辈。这两位高官难能可贵地给“鬼狐史”予支持和欣赏。

《聊斋自志》写出蒲松龄创作《聊斋志异》的动机、过程和苦闷。

“自志”表明：《聊斋志异》是发愤之作，孤愤之书。蒲松龄写志怪小说，不是消闲遣闷，而是抒怀言志，忧国忧民，类于屈原的《离骚》。他认为自己前生是“面壁人”，今生注定要像微弱的萤火，微小的灰尘，无足轻重，受尽揶揄。而个人的不幸使他格外关心一切稀奇古怪之事并采纳到自己的作品中。

“自志”表明：《聊斋志异》写作经历了长时期艰苦过程。从自己喜人谈鬼到朋友邮筒相寄，积累越来越多。而这些断发之乡和飞头之国的奇闻轶事，寄托了他的志向、抱负、胸怀、对人生的理解。

“自志”表明，创作《聊斋志异》，受到社会的冷落，

朋友的劝阻，世俗的嘲笑，但他坚持着，萃毕生心血写书，相信将来会有人像杜甫梦李白那样，让他得到知音。

《聊斋志异》是在世俗眼中，包括要好朋友的非议中写成的。

早在康熙三年（1664 年）蒲松龄只有二十四岁时，他的至交好友张笃庆写诗以晋代的张华比喻蒲松龄：“司空博物本风流，涪水神刀不可求。”意思是：蒲松龄喜欢像张华写《博物志》那样收集写作虚无缥缈的故事，那却是于人生事业无所补益的。张笃庆劝说他，分清人生的主次，放弃写作，“聊斋且莫竞谈空！”

在当时，掌握八股文是正途，学习爱好诗歌，也可以在仕途上“曲径通幽”，可以借助写诗的名声，得到试官的注意和官场那些有文名的达官贵人的荐拔。蒲松龄却总是喜欢收集民间传奇故事，早在他青少年时代，周围发生许多奇怪的真人真事，后来都成为他的创作素材，如：

顺治元年（1644 年），蒲松龄四岁时，顺天大兴人辛民任淄川县令，他遇到这样一件怪事：有一对兄弟怕父亲续娶的妻子再生下儿子与他们分家产，竟乘父亲睡熟之机，阉割了父亲。一时传为笑谈。《聊斋·单父宰》记其事。

顺治十二年，蒲松龄十六岁时，淄川人孙宗元（字柳下）授临晋知县，县内有一家，婆婆和儿媳都守寡，

婆婆与无赖通奸，却诬告儿媳，官吏审案时，无赖故意一口咬定“与儿媳相好”，少妇宁死不承认。孙宗元宣布：奸妇虽然不明，奸夫却已经明白了，你们好好一对婆媳的清白给这个无赖破坏了，现在本县做主，你们拿石头打死他算了！结果，儿媳总是抱着大石头用劲儿击打无赖，婆婆却小心地用小石块轻轻地打，县官因此断明：奸妇是婆婆！《聊斋·新郑狱》记其事。

顺治十五年，蒲松龄十九岁中秀才时，他的恩师施愚山机智地判明了胭脂案。

康熙三年，蒲松龄二十四岁时，福建人陈宝钥任青州道，由于他的游扬传说，林四娘的故事不胫而走。三年之后，陈宝钥任江南传驿道时，为林西铭讲述他与林四娘的故事，林西冲写成《林四娘记》。王士祯《池北偶谈》亦记其事。在这些同题作品中，还是蒲松龄写得更好。

康熙七年六月十七日，蒲松龄和表兄李笃之到济南，两人正在旅店对饮，忽听地面响声如雷，桌案摆簸，酒杯歪倒，屋梁也咔咔作响。原来，是地震发生了！这一次的地震，淄川城墙裂数丈，摇落一千三百九十一个垛口，毁坏房屋无数，沂莒地区更惨，栖霞山震，沂水地面下陷，井口倾斜不能汲水，楼台南北易向……蒲松龄的《地震》真实形象地记录了这次华北历史上最大的地震（八点五级）。

朝代更迭之际，总是人民流离失所、亲人生离死别的时刻，虽然刀光剑影、生灵涂炭的事发生在蒲松龄幼年甚至于在他没有出生之前，但这些事在老百姓中间长期口耳相传，无疑对他产生了极大影响，引起深刻的反思。明清交替之际这些重大历史事件，成为聊斋最具思想光芒的作品，例如：

《三朝元老》写一位曾是"故明相"又"降流寇"的中堂大人，退休后盖了个"享堂"表彰自己的德政，其堂上却神差鬼使地出现了这样的对联：

一二三四五六七

孝弟忠信礼义廉

以隐含"忘八""无耻"之意，辛辣地讽刺二三其德的中堂大人。正文后所附"洪经略南征"故事，更是对明朝降清的达官点名道姓地讥讽：洪承畴投降清王朝后，被派南征，至金陵，忽然有个"旧门人"求见，从袖子中取出"故明思宗御制洪辽阳死难文"，高声朗读，读毕，大哭而去。"明思宗"即崇祯皇帝，崇祯在北京亲笔书写悼念文时，洪承畴已经投降清朝。当面向已经背叛故主投靠新主的洪大人念追悼和歌颂他为国效死的祭文，这是多么尴尬的事？这样的事当然只能是想象。一段真实历史造就了奇想奔驰的小说名篇。

《鬼隶》写历城二位公差外出公干时遇到两个类似于公人的人，自称乃城隍手下的隶卒，正要把公文投到东

岳庙去，而那公文的内容，则是济南将要遭受大劫，有百万人被杀……“未几，北兵大至，屠济南，扛尸百万”，这段鬼话，实际上写的是清兵攻陷济南杀人百万的事实，可以想象，在清王朝的统治下如果实写这段悲惨历史会要承受多大压力？写鬼怪，就是另外一回事了；

《乱离二则》描绘清兵入关，“俘获妇口无算，插标市上，如卖牛马”；

《张氏妇》《库将军》正面反映平三藩的清兵比强盗还要强盗的罪行；

《野狗》《公孙九娘》《鬼哭》《九山王》《白莲教》《邢子仪》《小二》《快刀》……都是表现山东人民起义遭到残酷镇压的事实，有的直接描写：“于七之乱，杀人如麻”，“城破兵入”，“尸填墀，血至充门而流”，有的则是曲折迂回的描绘。

南游期间，蒲松龄途中听到《桑生传》，创作出了《莲香》。此外，我们有理由相信相当多的关于官场的故事，很可能是在南游期间，因为现实生活的启发而创作出来的。而描写知识分子苦难的《叶生》，暴露官场黑暗的《伍秋月》《青梅》《男妾》《岳神》以及美丽的爱情故事《巧娘》，在其篇末，都明确注明，其素材得之于江淮。我们更有理由相信，《晚霞》《青蛙神》《竹青》等，都极可能是擅长由此及彼，举一反三的作家江南之行后的作品。

康熙十八年（1679 年）《聊斋志异》初步成书后，蒲松龄进入毕家坐馆。毕家充满了文化氛围的家庭环境给蒲松龄的创作提供了方便。毕刺史本人虽为贵官，却是传统诗文的爱好者，又是“老将读尽世间书”的人，不把小说看成是雕虫小技，他不仅不干涉西宾写小说，还热心地提供素材，甚至亲自替蒲先生写了《五羖大夫》和《鸲鹆》两文。整个毕家，上至刺史本人及夫人，下至帮佣者，都喜欢谈论鬼狐故事，他们，或者成为蒲松龄写作素材的热心提供者，或者干脆捉刀替聊斋先生完成极小部分的创作，如聊斋名篇《马介甫》后半部分是由名士毕世持写成。

直到康熙四十六年（1707 年），蒲松龄还在增订聊斋，《夏雪》一文，就是这一年的新作。这年深秋他写了《钞书成，适家送故袍至，作此寄诸儿》：

满院风霜日影寒，朝来薄饮意阑珊。衣烦爱惜身为用，书到集成梦始安。生苦文章为障孽，老于橘柚识甘酸。儿童应念贫中福，坐对蓬窗受亦难。

意思是：在自己将近七十岁（此年蒲松龄虚岁六十八）时，终于完成了一部书（应该是指《聊斋志异》），精神轻松得一早起来就喝起酒来。衣服需要爱惜它的人穿，一部书最后完成，一切苦恼、烦闷都消逝，精神完全安定下来。自己一辈子热衷于辛苦的写作，就好像熟

悉橘子柚子不同的味道一样，深知创作甘苦。孩子啊，你们在贫困生活中，也要勤奋写作，不要无所事事。

《聊斋志异》虽然早在康熙十八年就初步成书，但其相当多的作品却是在西铺完成的。西铺三十年，对《聊斋志异》写作最有帮助的，应该是毕府的“万卷楼”。读书万卷楼，逃暑石隐园，蒲松龄神游古代浩如烟海的前人著作，从其中获得创作的灵感。有的学者考证，《聊斋志异》中有百分之二十到三十的作品可在前人作品中找到借鉴的蛛丝马迹。传统题材经蒲松龄的巧夺天工的艺术再创造，获得了全新的艺术生命。我们不妨从几个聊斋故事原型看一看作者的创造天才：

《促织》

明代沈德符《万历野获编》记载：

我朝宣宗最娴此戏。曾诏苏州知府况钟进千个。一时语云：促织瞿瞿叫，宣德皇帝要。此语至今犹存。

明吕瑟《明小史》写：

宣宗酷好促织之戏，遗取之江南，价贵数十金。枫桥一粮长以郡督遣觅，得一最良者，用所乘骏马易之。妻谓骏马所易必有异，窃视之，跃出，为鸡啄死，惧，自缢死，夫归，伤其妻，亦畏法，亦自缢焉。

蒲松龄对这两个简单的故事进行了脱胎换骨的改造：

其一，它将以骏马易之，改为成名因人老实，被猾胥报充里正，为求促织，绞尽脑汁，幸而得到巫者的指点，才在佛殿捕得，这段描写曲折而引人入胜。其二，将妻子好奇窃视，改为儿子，因为好奇是儿童的天性，这样改动，更加自然合理。成名之子因为弄死了蟋蟀投井而死，成名先因儿子的不幸而悲痛，后来见没了蟋蟀，又不复以儿子为念。这复杂而细致的心理，将封建重压下的人民不幸写得入木三分。其三，增写了蟋蟀斗大公鸡的情节，既神奇又富谐趣。其四，将夫妇都死的悲剧结局改为因为让皇帝高兴了皆大欢喜：成名一家因为献虫有功而致富；抚臣令尹也受促织恩荫，一个小虫有如此威力，仅仅因为是皇帝喜好而已。

从《促织》可以看出，别人笔下的短笺残篇，到蒲松龄笔下，成了最出色的优秀短篇小说。

《续黄粱》

唐传奇名作《枕中记》和《邯郸梦》都是写书生梦中得高官厚禄的故事，旨在宣扬人间荣华富贵不过是黄粱一梦耳。经过宋人加工，这个故事的劝世意味进一步得到发扬。到了聊斋先生笔下，这个传统故事焕然一新：其一，借曾孝廉的梦境，穷形尽相地描写了官场的黑暗。曾宰相卖官鬻爵，草菅人命，巧取豪夺，声色狗马。这样一个祸国殃民的恶棍被弹劾时，皇帝竟然“留中不发”；其二，借曾宰相在阴府受刑，抒发了人民对贪官污

吏的仇恨，尤其是将其生前所贪金钱化为金汁灌入其口中，“生时患此物之少，是时患此物之多也”，想象奇特，符合被压迫者的心理。其三，小说创造的人物形象极为成功，曾孝廉游寺时，被算命者奉承为“二十年太平宰相”，马上就得意忘形，指同游说：“某为宰相时，推张年丈作南抚，家中表为参、游，我家老苍头亦得小千把，于愿足矣。”寥寥数语，活画出小人得志的卑劣嘴脸。

此外：

《种梨》和《搜神记》“徐光种瓜”故事；

《大力将军》和《觚剩》“雪遘”故事；

《赵城虎》和《古今谭概》“灵迹部，杖虎条”的故事；

《向杲》和唐传奇《张逢》的故事……

这些都可以看出，蒲松龄善于借鉴前人素材，进行艰苦艺术加工，从而使这些古老的故事变成《聊斋志异》中颇有艺术成就的组成部分。

一些脍炙人口、流传最广、影响最大的聊斋故事，如《婴宁》《小谢》《小翠》《晚霞》《翩翩》《阿宝》《席方平》《梦狼》《罗刹海市》《黄英》《莲花三娘子》《公孙九娘》《娇娜 》《辛十四娘》《青凤》《乔女》……，作者既没有在篇末注明它是听何人说的，也找不到多少根据说明这些作品是从前人作品中脱胎而来，更不能把这些作品硬性地跟蒲松龄生活中的具体事件、具体人物联系

起来。

偏偏就是这些作品，是聊斋故事中最出色的作品，也是中国古代短篇小说的艺术高峰。它们，是蒲松龄的独创，是这位艺术大师卓绝艺术才华的集中表现。它们是蒲松龄从对社会的观察体会出发，以全部心血熔铸成的全新艺术世界。它们，刻镂世情，曲尽物态；它们，如太池未央，千门万户；它们，像武陵桃源，自辟村落。从它们那里，人们难以刻舟求剑，找出前人的痕迹，但前人的艺术成就都融入其中。从它们那里，人们难以找出生活中哪个具体事件，而时代风云、人世沧桑，却俱在其中。作家的创作，归根到底是特殊精神活动，我们固然可以从其真实的生活中找到某些根据和影子乃至原型，但天才作家的最大特点就是：他们的创作是最富有想象力的活动，是作家精神世界的独特漫游，作家的写作有的可以让人从现实中按图索骥，有的却像盐入水中，无迹可寻。有的可以像一面镜子，像一个倒影，照出现实某些影像，更多的作品本身就是一个独立世界。蒲松龄正是创造了属于他自己又属于全人类的精神世界。

《聊斋志异》内容丰富，艺术精湛，日久弥新。

蒲松龄写黑暗时世之作，有实际的官府和真实人物，有历史传说人物和神灵，有幽冥世界和梦幻世界，更有人鬼交替、人妖转换。

因为自己乡试一关总不能通过，他自然地把目光投

向那些蟾宫折桂者。《聊斋志异》喜欢写“甲榜所为”，即通过进士途径透视做官者的劣迹。《放蝶》中的进士做官后，按犯人所犯罪的轻重，让其纳蝶自赎，堂上千百齐放，如风飘碎锦。严肃政事给进士大人变成了儿戏。《韩方》写发生在康熙三十三年（1694年）至三十四年的实事。时值七邑被淹，官吏不去救荒拯溺，解民倒悬，反而巧立名目盘剥人民。利津县令用板子打着百姓，用绳子把他们捆来，让他们交纳正税之外的税，还名之曰“乐输”即自己甘心情愿、主动要求交纳的税。《郭安》中济南的父母官在审判杀人犯时，拍案骂：“人家好好夫妇，直令寡耶！即以汝配之，亦令汝妻寡守。”昏聩到让杀人犯娶被杀者的妻子！蒲松龄在篇末讽刺道：“此皆甲榜所为，他途不能也。”

在蒲松龄笔下，“官虎吏狼”成为普遍现象。《潞令》中的官草菅人命，莅位百日，杀良民五十八人。《红玉》中的退休御史强抢民女，害得书生冯相如家破人亡，告到官府，却官官相护。《石清虚》中，仅仅为了一块赏玩的石头，官吏就将良民下狱几死。《成仙》中说：“强梁世界，原无皂白，况今日官宰半强贼不操矛弧者耶。”《梦狼》写得最具象征性：白某的儿子出外做官，有位“素走无常”的丁某带白某到儿子的官衙看一看，结果看到，官衙中堂上，堂下，坐者，卧者，都是狼。官衙内白骨如山，官衙人物要吃饭时，就有一只恶狼叼了一个

人进来“聊充庖厨”。蒲松龄似乎犹恐这个官衙以人为食的怪梦不够醒目，干脆在篇末说：“窃叹天下官虎而吏狼者，比比也。即官不为虎，而吏且将为狼，况有猛于虎者耶!”

蒲松龄创造的官场图画，正如《促织》所写，皇帝玩一只小虫儿，可以让平民百姓家破人亡，也可以让人鸡犬升天；正如《续黄粱》所写，宰相将朝廷官职居为奇货，求取金钱；正如《饿鬼》《三生》《滩水狐》所写，那些大人先生们，前世只不过是畜生，是饿鬼，是狐都不乐意为伍者的驴子，“毛角之俦（畜生），乃有王公大人在其中；王公大人之内，未必无毛角者在其中也。”这里边写得最精彩的篇章，当数《席方平》。《席方平》写的故事是：席父与豪强羊某有仇，羊某死后，贿赂冥使，导致席父全身皆肿号痛而死。席方平代父进地府申冤，但从冥王到城隍，都收了羊某的金钱，对席方平滥施酷刑，整个冥间，上下其手，狼狈为奸，枉死城中全无日月，阎罗殿上尽是阴霾。

蒲松龄还被公认是文学史上第一个全面向科举制度开火的作家。《叶生》式的鬼魂应试故事，是对取士制度的一种想象性升华，他借用似乎荒诞的形式写的是千百万读书人的不幸的真实事实。聊斋先生同样以奇诡的想象，用鬼魂形式剥下试官和文司的鬼面。《司文郎》写文运之所以颠倒，因为现在的司文郎是个聋哑人。《于去

恶》写地府招考试官，几十年的游神耗鬼都参加进去，其中就有瞎眼的师旷和只识得金钱的和峤。在他们的主持下，号称选拔人才的考试成了庸才的选拔赛。就像《贾奉雉》写的，才名冠一时的贾生考试时总考不上，一位异人让他改写凡庸文字，结果就高中榜首！他自己气愤地说：真是以金盆玉碗盛狗屎！以科举取士的制度还导致了以成败论人的世风。《镜听》《胡四娘》《凤仙》都是这类既深刻又诙谐的故事。

聊斋爱情故事是最有魅力的作品。蒲松龄笔下的男女爱情，有生生死死，魂魄相从式的爱情，如连城与乔生是知己之爱，连城不爱富商爱文士，乔生为了治心上人的病可以割心头肉，也可以对千金之诱毫不动心。两个年轻人可以同生，可以同死，可以死而复生，也可以死而不生。《鸦头》《阿宝》《莲香》《小谢》《红玉》《辛十四娘》《香玉》都是写爱情冲破“男女之大防”，冲破了贫富界线，冲破了生死界线，冲破了人鬼、人仙、人妖、人鸟、人兽界线，天马行空，独往独来。

文艺复兴运动的先驱但丁曾说：爱是与星球之光沾了亲的、能照亮理智的神圣之光。莎士比亚说“当爱情发言的时候，就像诸神的合唱，使整个天界陶醉于仙乐之中。”在中国古代作家中，蒲松龄的难能可贵处就在于，他不仅写了那种《西厢记》式佛殿相逢、一见钟情的作品，不仅写了《牡丹亭》式生生死死魂魄相从的作

品，他还写出了雪地上永不凋谢的花朵——精神恋爱。娇娜和孔生一见面就栽下了爱情的种子。孔生生痈，其友人皇甫公子推荐自己的妹子来治，孔生一见娇娜就爱上了。当他向皇甫家表明对娇娜的感情时，皇甫老翁却认为娇娜太小，合情合理地将年长一点儿的松娘嫁给孔。松娘美艳不下于娇娜，又事婆母至孝，夫妻感情甚笃。娇娜长大后嫁于吴郎，见了孔生很大方地叫“姐夫”。二人已经互不相干。当狐仙娇娜一家受到雷霆之灾时，孔生不仅不以异类见憎，还仗剑于皇甫家巨穴前，誓死保护，为救护娇娜献出生命。孔生为救娇娜而死，是忘我的爱，纯洁的爱，高于男女之爱的爱。孔生为娇娜而死后，娇娜对孔生的爱也达到了不顾一切的地步。她吐出自己的命根金丹，“以舌度红丸入，又接吻而呵之”，宣布和“孔郎”（不再是“姐夫”）共生死！在众目睽睽之下，对孔生接吻而呵之，真是“报之者不啻以身”。雷霆过后，娇娜一门俱没，娇娜随孔生归家后，若一家人，经常棋酒谈宴，却没有出现“双美共一夫”的局面。蒲松龄在篇末说：“余于孔生，不羡其得艳妻，而羡其得腻友，观其容可以忘饥，听其音可以解颐，时一谈宴，则‘色授魂与’，尤胜于‘颠倒衣裳’矣。”这段话的意思就是：男女之间的感情可以像冰花一样晶莹，精神之爱甚于肉体之爱。

聊斋许多故事还写到凡间男子如何在神鬼狐妖幻化

成的少女陶冶下精神得到了升华，《罗刹海市》《云萝公主》《翩翩》《蕙芳》《仙人岛》……都是这类爱情生活改变人生轨迹的感人故事。在《丑狐》《韦公子》《姚安》等作品中，二三其德者，渔色者，则受到严厉的惩罚。当然，聊斋笔下的爱情，就其本质来说，并没能摆脱封建思想禁锢，作者还经常成为封建婚姻的忠实拥护者，嫡庶有序、子嗣至上的热情维护者，但因为人物栩栩如生，故事曲折多变，意境新奇有趣，聊斋的爱情故事在古代小说中早就成为跟《红楼梦》并驾齐驱、千古流传、万世流芳的“一短一长”。

鞭挞封建“盛世”衰颓的世风和虚伪的封建伦理，鄙视市侩、财迷、伪君子、势利眼、夜郎自大、庸俗卑微者，也是聊斋故事颇有魅力的组成部分。《崂山道士》《二商》《堪舆》《雨钱》等，都是人们耳熟能详的故事。

鲁迅先生曾经用“以传奇法而以志怪”来概括蒲松龄的独特写法。传奇和志怪，本来是两种不同的小说，前者以曲折的故事写人的遭遇，后者以简括记事写鬼怪神灵。聊斋作为中国短篇小说的最后一个高峰，在艺术上确实汲取了传奇小说和志怪小说的双重滋养，不管是成功的人物创造，还是别出心裁的故事结撰，炉火纯青的文言艺术，都达到了古代文言小说的高峰。聊斋将天马行空的奇思遐想和深刻现实水乳交融，“出于幻域，顿入人间”，神鬼狐妖，“和易可亲，忘为异类。”（俱为鲁

迅语）意境翻新，穷形尽相，令人百读不厌。

当年毛泽东在延安时就曾说过：《聊斋志异》可做历史读，《席方平》应该选入中学课本。邓小平生前也酷爱聊斋。从日理万机的领袖人物，到刚刚识字的少年儿童，从漂洋过海他国谋生的华侨，到从没迈出国门甚至于县门一步的老农，聊斋是亿万华人的必读书，它持久地对中国人的思维方式产生影响。

朋友之间

宝应游幕期间，蒲松龄与孙蕙的友情加深了。南游归家后，蒲松龄在穷困潦倒之中，常向孙蕙诉说自己的襟怀。康熙十四年，孙蕙以“卓异”授户科给事中时，蒲松龄曾赋诗祝贺；康熙二十年，孙蕙任福建乡试正考官时，还曾寄闽中闱墨给蒲松龄。第二年，蒲松龄写过《过孙给谏芙蓉斋》一诗，称赞孙蕙的故居“园静如山骚客业，门清如水谏臣家”，说“此日果应鸣凤志，书生引领望殊奢”。孙蕙的宠姬顾青霞喜欢吟诗，蒲松龄曾替她选过唐诗并夸奖她“闺阁才名日日闻”，“佳人韵癖爱文章”。他甚至用亲切口气想象这位长眉低蹙的娇娥在孙蕙身边吟诵诗句：“郎君切莫来相唤，晓赋春闺句未成”。从这些诗词中可以看到蒲松龄与孙蕙友情的深度。

但蒲松龄对孙蕙的感情在很大程度上，是希望他做一个对人民有好处的好官。遗憾的是，这位曾经在朝廷中“以风烈闻”的给谏大人，在故乡的名声却每况愈下。他的家人横行乡里，百姓敢怒而不敢言，朋友愤懑而不便言，只有耿直的蒲松龄向朋友直言进谏，毫不留情地向孙蕙直陈他的家人鱼肉乡民的行为。

《上孙给谏书》是一篇义正词严的书信，把蒲松龄刚直不阿的为人表露得淋漓尽致。此信大约写于康熙二十二年至二十四年（1683—1685 年）间，信一开始就直率地说：“为乡绅者，居官有赫赫名，甚可喜；居家有赫赫名，甚可惧。”然后，就以建议的形式向孙蕙直述其家人的不法行为：

一曰择事而行。“某谓先生当今日，不必用自荐之毛遂，为吾争雄；只宜用市义之冯谖，代吾焚券耳。”意思是孙府对平民百姓的盘剥已经令人忍无可忍，需要有人出来焚烧掉孙府的高利贷债券。

一曰择人而友。“……至胁肩吾前者，止足供棋酒笑具耳，其言固无足听也。”暗示孙蕙信任无耻小人，已如入鲍鱼之肆，久而不闻其臭。

一曰择仆而役。指斥孙家的仆人是“中山之狼”，“豺狼成性”，狐假虎威，肆行市井，构讼公门，乡里为之侧目，官府为之枉法。

一曰收敛族人。揭露孙氏族人把持官府，武断乡曲，

欺压良儒，而孙给谏正是这一切恶劣行为的包庇者和纵容者："恶虽出于众作，怨实丛于一人"。

仿佛直陈其事还意犹未尽，蒲松龄干脆大义凛然地指出：孙蕙的行为与他平素爱民的宣言南辕而北辙："先生存心何等菩提，乃使桑梓愚民，闻声而股栗，诚不知其可矣。"蒲松龄还郑重声明："凡此数者，皆弟之所目击而心热，非实有其事不敢言，非实有其人不敢道也。弟之所言无可凭信，即先生问之他人，亦必以余言为诬。但祈先生微行里井而私访焉。倘有一人闻孙宅之名而不咋舌咬指者，弟即任狂妄之罪而不敢辞。"真是痛快淋漓、光明磊落！

孙蕙收到信后，是否微服私访？不得而知。据记载，他还表现了一点儿正人君子从善如流的风度。立即命令自己的家人收敛那些不法行为。但是这种不顾情面的直言进谏最终还是影响了二人的关系，自那以后，很少再见到两人的文字来往。

蒲松龄的长子蒲箬回忆其父为人时说："唯是天性伉直，引嫌不避怨，不阿贵显，即平素交情如饴，而苟其情乖骨肉，势逼乡党，辄面折而廷争之，甚至累幅直陈，不复恤受者之难堪，而我父意气洒如，以为此吾所无愧良朋也者。"

蒲松龄曾经坦诚劝诫不孝敬父亲的朋友王鹿瞻，直

言斥责“势逼乡里”的孙蕙，都是他天性伉直的表现。蒲松龄另一位朋友沈德符是李希梅女婿的叔父，因为与其侄发生财产争执，怀疑蒲松龄在其中偏袒李希梅的女婿，逢人便骂。蒲松龄干脆直接写封信给沈德符：“日托肺腑，无少瑕疵，乃王妈妈之鬼语一投，而张爷爷之尊脸顿放，是何景象乎?”赌咒发誓说：如果他参与此事“便灭门绝户”! 天真倔强之态可掬。

蒲松龄的诗《拙叟行》很说明他的为人：

> 生无逢世才，一拙心所安。我自有固步，无须羡邯郸。世好新奇矜聚鹬，我惟古钝仍峨冠。古道不应遂泯灭，自有知己与我同咸酸。何况世态原无定，安能俯仰随人为悲欢。君不见，衣服妍媸随时眼，我欲学长世已短!

这是一幅人格行乐图：安于做一个安贫乐道的“拙叟”，决不投合时尚，随人俯仰，决不同流合污。蒲松龄做人如此，交友也如此。

蒲松龄的交友原则是互为诤友，特别是在文学事业上互为知音。他跟毕家两代“东家”，和举人袁藩，和大司寇王士祯，和贵公子朱缃的关系，都基于此。

蒲松龄的东家毕际有给予西席以上宾待遇，蒲松龄跟前后两代东家的关系成为朋友式关系。

毕际有字载积，顺治三年（1645 年）拔贡入监，考

授山西稷山县知县，后升江南通州知州。因解运漕粮，积年挂欠，赔补不及，康熙二年被罢官。蒲松龄在诗文中对他以“刺史”相称，乃指其通州知州职衔。毕际有虽为贵官子弟，但有较高的文学修养，精于鉴赏，喜吟诵。他在江南做官时，曾跟江南大名士陈维崧、林茂之、杜于皇等结识，“夜夜名流满高宴”。康熙三年他罢官离任时，江南名士送至江干，争为诗歌，并绘“江干系马图”。毕际有归乡后，已经无意东山再起，乐于在诗酒琴棋中享受五柳先生的乐趣。靠着清高拔俗的气质和真才实学，蒲松龄很快成为藏书万卷、交友四方的毕际有的朋友。毕际有对蒲松龄的赏识开始于蒲松龄捉刀代笔写的文章。康熙十八年，陈维崧以博学鸿词授翰林院检讨，致书问候毕际有，毕际有请刚至其家的家庭教师代笔写一篇回信。蒲松龄虽是穷困场屋的秀才，却以绝顶的聪明，在文章中写出了富贵闲人、高官毕际有的气派和风度，措辞得体，情采俱现，刺史本人挖空心思也难写得出来。此后，蒲松龄替毕际有写了不少代笔文章。

毕家万卷藏书开阔了蒲松龄的眼界，西铺优雅的生活也为蒲松龄的创作提供了方便。毕际有尊重蒲松龄，主要恐怕不是因为蒲秀才教其孙子，而是蒲秀才的文名。他对蒲松龄的志怪小说的创作给予支持，甚至亲自捉刀代笔把自己知道的故事写进《聊斋志异》，《鸲鹆》即出自他的手。该文描写一只八哥鸟儿，鸟主为没了回家的

盘缠而着急，鸟儿便建议把自己卖掉，同时与主人约好，得钱后在十里外某处等它。这只小鸟儿居然真的来了个金蝉脱壳："王问鸟：'汝愿往否?'言：'愿往。'王喜，鸟又言：'给价十五，勿多予。'（鸟儿随王回到家中）浴已，飞檐间，梳瓴抖羽，尚与王喋喋不休……"羽毛一干，鸟儿便飞回了故主手中，小鸟的形象写得极为有趣。

康熙三十二年毕际有去世时，蒲松龄的悼诗写道："海内更谁容我放?泉台无路望人归"，"最悼十年同食友，不曾言别已分襟。"说明，毕际有是个"容我放"的人，平易近人、跟家庭教师"同食"，而且体谅并赞助蒲松龄的文学创作的人，是其志怪小说的知音，因为毕际有本身就是个小说爱好者。

毕际有辞世后，夫人王氏持家。她是个宽厚和气的人，对蒲松龄"岁容南郭滥竽吹，日依东窗布被拥"。这位贤淑好礼的夫人还喜欢夜晚坐灯下边喝茶边谈古事，或让孙子们在灯下读野史听。在她的影响下，毕家充满了文艺气氛。连帮佣都乐意把自己的见闻告诉蒲先生，让他写进自己的书中（见《祝翁》）。

至于接任毕家家长的毕韦仲，更是蒲松龄能够长期留在毕家的直接原因。康熙三十六年，到毕家坐馆十八年，年近五十的蒲松龄有《赠毕子韦仲》诗五首，写到他们二人深厚的情谊：十八年情同兄弟，天天共同挑灯夜读，"数载连床夜雨心"，"一堂灯火两情深"。每当蒲

松龄有回家之意，毕韦仲都真情地挽留他，让蒲松龄不忍言别地待了下来，直到弟子们生了孩子，他还像对待儿童一样“提耳嗔”，时间长了，甚至于把弟子当成子弟。

后来，当毕韦仲老母去世时，蒲松龄以七十五岁高龄，亲往执绋，并应毕韦仲要求撰写墓志铭，以亡母墓志铭相属，说明了毕韦仲对蒲松龄的高度尊敬和友情。

蒲松龄跟毕家两代家主的朋友般关系，是他能够安心在西铺一住三十年，并以全副精力创作、修改、最终完成《聊斋志异》的重要背景。毕府的广泛的社会联系所提供的见闻，毕府的藏书条件，对于《聊斋志异》的写作更是不可忽视的有利条件。

在蒲松龄的朋友中值得一提的还有年长他十三岁的举人袁藩。

袁藩，字宣四，号松篱，淄川名士，著有《敦好堂集》。他跟蒲松龄的友情上溯到康熙十二年。当时朝廷兴修各省通志，山东布政司乃令各县修县志以备采录。高珩、唐梦赉、毕际有首倡修淄川县志。毕际有邀请袁藩共主编纂，蒲松龄也在被邀之列，住进石隐园。蒲松龄和袁藩志气相投，很快成为好友。康熙十八年，蒲松龄设帐绰然堂后，袁藩应毕际有之邀，帮助编辑毕自严遗著《石隐园集》，住进了石隐园。两位朋友经常互相切

磋，诗词唱和。袁藩性喜填词，因为受到这位爱词朋友的影响，蒲松龄初馆西铺的几年中，较多地用长短句抒情言志，据蒲松龄手稿《柳泉居士词稿》，聊斋词共一百零二首，与袁藩唱和竟达十四首。聊斋词词意清新，文采斐然，是蒲松龄文学成就的重要组成部分。比如，有一首《鼓笛慢·咏风筝》写寻常竹木做成的风筝，得到了多少红尘客的瞻仰：

寻常竹木无奇骨，有甚底，扶摇相？系长绳，撒向春风里，顷刻云霄飞上。多少红尘客，望天际一齐瞻仰。念才同把握，忽凌星汉，真人世，非非想。

得意骄鸣不了，似青冥无穷佳况。我从人寰，凭空翘首，将心情质向，不识青云路，去尘寰，几多寻丈？得何时化作风鸢呵，看天边怎样。

两首《惜余春慢》词，还进入《聊斋志异》之《宦娘》《褚生》故事中。

蒲松龄跟袁藩成为知心朋友，在于二人都爱水留光，惜花留影，有共同的文学爱好。袁藩寄蒲松龄的词中说“恨煞文园多病客，隐然五岳填胸，西风摇落与君同，还期开竹径，来醉菊花丛。”尤可贵的是，身为举人的袁藩热心支持蒲秀才的志怪小说创作。蒲松龄有两首词这样写道：

名园台榭红窗显，远心亭鸾惊鱼奋，墨文粉扁。

幽似武陵溪畔路，止少村庄鸡犬。高士卧，尘嚣可免。齿上飞花明月夜，姑妄言不必凭何典。只顷刻，膏肓剪。

愁能速老真明显，脱尘情强颜善饭，胜求卢扁。渴病秋风犹卖赋，不数茂陵阿犬。无聊赖，著书能免。删定文章千古事，翡翠床何敢言分典？书充栋，凭君剪。

这两首词说明袁藩与蒲松龄的朋友之交主要是文字之交。从词中可以看出，当袁藩下榻石隐园时，二位好友经常海阔天空乐谈竟日。在景色清幽的远心亭，在明月徘徊的良宵，他们谈论自己亲身经历或道听途说的怪异故事。“姑妄言不必凭何典”。袁藩以博闻多识为蒲松龄提供素材，蒲松龄也让袁藩这位极有文学修养的举人做自己的第一读者和批判者，“书充栋，凭君剪”（此二首词是否为蒲松龄所作，学术界有争议）。

蒲松龄跟袁藩知心，还在于二人同样对科举制度的弊端有刻骨铭心的认识。袁藩为人正直，不容于世。他虽然于康熙二年中举，但直到康熙二十一年仍然没有通过会试一关。在最后一次会试时，他闱中赋诗一首：

二十年前古战场，卧听谯鼓夜茫茫，三条画烛连心爇，一径寒风透骨凉。苦向缁尘埋鬓发，凭谁青眼托文章？明宵别后长安日，偏照河桥柳万行。

他在《秋日怀次毕载积先生韵》诗中，嘲笑自己在科举考试中书生气十足，完全没有看透黑暗的人生，“举足畏途易惹嗔，人间何处可容身？惜将文字全成错，笑把功名太认真。”正是在这一点上，蒲松龄跟他“加餐相助，惺惺相惜”。

康熙二十六年，蒲松龄在毕家结识了王士祯。

王士祯，原名王士禛，因为避雍正皇帝之名，改称王士正，后由乾隆皇帝诏命，改称王士祯。他号阮亭，又号渔洋山人。山东新城人。顺治进士，四十五岁授翰林院侍讲。此后一帆风顺，做到刑部尚书。他创立“神韵说”，是清初诗坛盟主。王士祯的故乡新城离王村不到百里，王家与毕家世代有亲。毕际有夫人是王士祯的从姑母。蒲松龄与这位贵官兼大诗人的初次见面是康熙二十六年。那时，王士祯丁忧在家，为了母亲的丧事到淄川感谢唐太史、毕刺史等亲朋。蒲松龄以毕府西宾身份出面陪侍王士祯。二人一见如故，分手后，王士祯主动写信给蒲松龄，并送了一些好茶给蒲松龄。王士祯主动写信的原因主要是还钱，估计王在王村买东西未带足钱，由蒲松龄垫支了部分银两，达官贵人借了乡野秀才的钱当然是要还的。蒲松龄回信说“几许阿堵物，何须尚存念虑？然欲却而不受，又恐……昧君子一介不苟之高节也。”

王士祯对蒲松龄如此相敬，因为有共同的写作爱好维系着他们。此时，《聊斋志异》已经基本成书，王士祯同样体裁的《池北偶谈》则在写作之中。其中《怪异篇》也是记载怪异事物的，有些篇章，如《妾击贼》《林四娘》等故事。两部著作取材、题目都是相同的。身居要职的王士祯的志怪雅兴，特别是他对《聊斋志异》的赞赏，自然让蒲松龄受到极大鼓舞。康熙二十七年春天，蒲松龄在《偶感》诗表露了一种绝处逢生的感觉、为有人赏识自己而感动、激奋的心情：

潦倒年年愧不才，春风披拂冻云开。穷途已尽行焉往？青眼忽逢涕欲来。一字褒疑华衮赐，千秋业付后人猜。此生所恨无知己，纵不成名未足哀。

蒲松龄多年科举考试屡受挫折，不得不寄人篱下做家庭教师，固然受到上宾待遇，但总难以平复怀才不遇的悲哀。再加上有不少朋友包括青年时代的朋友张笃庆等，都对他写作聊斋故事不以为然；忽然，王士祯这位居高官、有才名的翰林院大学士，欣赏了他，鼓励了他，一个如此有地位有才能的人将他引为同道，让蒲松龄深感欣慰：年年都因为不得志而惭愧，忽然有人像春风吹走了严冬烟云一样，肯定了自己的追求；自己到了穷途末路不知道往何处去？忽然受到赏识感动得眼泪都情不自禁地流了下来！一个字的奖赏比赏赐高官厚禄都荣耀，文章千古事，留给后人去评说吧！人生在世怕只怕没有

知己，只要有人赏识，纵然不成名又有什么可悲哀的？

王士祯向蒲松龄借阅了《聊斋志异》部分篇目阅读，并于康熙二十八年写了《戏题蒲生〈聊斋志异〉卷后》：

> 姑妄言之姑听之，豆棚瓜架雨如丝。料应厌做人间语，爱听秋坟鬼唱时。

王士祯作为一个出身高贵、官位显赫的达官，却能够以鉴赏家的眼力，对《聊斋志异》做出比较切合实际的认识：他认为，蒲松龄正是因为在现实生活中不得志，才厌恶“人间语”，托言鬼狐，喜欢“鬼唱时”。蒲松龄写了《次韵王阮亭先生见赠》：

> 《志异》书成共笑之，布袍萧索鬓如丝。十年颇得黄州意，冷雨寒灯夜话时。

蒲松龄委婉地写出了自己创作的苦辛：他“布袍萧索”地写聊斋，不是为了猎奇，而是借谈鬼说狐寄托自己的幽愤和磊块。

康熙三十七年，王士祯迁左都御史；康熙三十八年，迁刑部尚书，成为台阁重臣。康熙四十年春，蒲松龄托人带信给王士祯，并捎去经王士祯批点做了修改的篇目及其他目录，他在信中称赞王“虽有台阁位望，无改名士风流”，说明《聊斋志异》经再次修改缮写呈给他，请“进而教之”，委婉地请求王士祯写序。王士祯回信圈出了他感兴趣的《聊斋志异》的三十余篇，“统望惠教”，但对写序一事并未慨然应允。后来也终于没写。看来王

士祯的态度是矛盾的：一方面，他是个有品位的鉴赏家，深为《聊斋志异》的艺术魅力所折服，另一方面，他不能不顾及他台阁重臣、诗坛盟主的身份，对于不能列入文学正宗的狐鬼史，他只肯做一个热心读者，并不乐意用自己的名望，为一名穷秀才的闲书赚取文坛一席之地。

毕府塾师的生活范围似乎很有限：一年到头授徒，逢年过节回家。偶尔到湖光山色的济南，便算蒲松龄生活中的大事了。他常有诗文记到济南的事，而泉城之游又开拓了他的视野，甚至于关乎他身后《聊斋志异》流传之事。

从蒲松龄的诗文可以看出，他到济南至少有二十几次，除了康熙七年（1668 年）记其偶遇地震见闻、康熙十七年（1678 年）写与安邱李文贻游大明湖外，其余泉城之行，都是在西铺期间。这些年，他几乎年年到泉城，或送弟子考试，或为毕府办事，比如为毕刺史寻觅菊种。而他的济南游历最值得注意的，是他跟名士朱缃的交往。

朱缃，字子青，号橡村居士，其父朱宏祚，官至浙闽总督，其弟朱绛，官至广东布政使，三弟朱纲，做到云南巡抚。朱家真是“家世翔贵，门有列戟”。朱缃本人却连秀才都没考上，他把科举之类的事看得很淡，喜欢写诗。喜欢交文友而且在文士中颇有声名，凡到济南的名士，都要到他家中拜访，正如王士祯所写：“所居有云根清壑之堂，枫香之阁，花竹窈窕，房廊靓深，群贤翕

集，笔墨横飞……自有子青，湖山若增而秀，泉流若增而洁。”朱缃生活在锦衣玉食、朱围翠绕之中，生长在湖山相映的大明湖边，却是一个富贵闲人。家里给他捐了一个候补主事虚衔，他的朋友都称他为“主政”，其实他倒是个职业文人。

这位名人骚客都要“停车结驷”前去拜访的朱公子，先主动地坐着华丽的马车，带着美酒，前往客居大明湖畔的蒲松龄的下榻处拜访。他的热情和诚恳感动了蒲松龄，使得这位在跟贵人打交道时总保持一定距离的穷塾师欣然同意到朱家做客。他借了马，冒着蒙蒙细雨到朱家回访。秋雨淅淅沥沥地下着，酒席上两个新相识的文友谈兴越来越浓。五十七岁的穷秀才和二十七岁的贵公子成了忘年之交，在倾心交谈中，连时间的流逝都觉不到了。

两位忘年交好友交往中，诗歌唱和当然是少不了的，但维系的枢纽却是《聊斋志异》。两人康熙三十五年见面之前，朱缃已经从唐太史那儿借到部分《聊斋志异》，极为喜欢并过录下来。与蒲松龄相识之后，他就数次写信向蒲借书，并全部抄录下来。朱缃还把自己及亲属中的奇闻轶事都告诉蒲先生。《老龙船户》即叙述朱缃之父任广州巡抚时缉盗事，《外国人》也是朱缃之父的亲身经历，《司训》和《嘉平公子》两篇文章后都附录了朱缃《耳录》里的故事。

朱缃既是《聊斋志异》一书最热心的读者，全部过录者，又是热情赞赏者。他曾用“苍润特出，峭拔天半”，用华不注山的幽深滴翠比喻蒲松龄的文字。康熙四十五年，朱缃在过录的《聊斋志异》上题词：

> 据摭成编载一车，诙谐玩世意何如？山精野鬼纷纷是，不见先生《志异》书！

社会上“山精野鬼”到处都是，他们都等着进入《聊斋志异》充当角色呢！这实际上是肯定《聊斋志异》是借写鬼神志怪来刺贪刺虐。

蒲松龄的长孙蒲立德曾写过《书〈聊斋志异〉朱刻卷后》，说明他的祖父跟朱缃之所以成为忘年交，而且“交最契”（意即感情最好、交情最深）最主要的原因就是因为《聊斋志异》。蒲松龄和张笃庆、李希梅都是青春结社、终身不变的好友，为什么独独与一个比自己小三十岁的贵公子“交最契”？这感情就建立在文字之交上。朱缃不是一般地喜欢《聊斋志异》，而是理解蒲松龄以鬼狐史抒写磊块愁的用心。他不是把《聊斋志异》当成是文笔优秀、引人入胜的闲书，而把这部志怪书与《离骚》《史记》并列，这不能不让蒲松龄引为知己。蒲立德这样追述：

> 公（蒲松龄）之名在当时，公之行著一世，公之文章播于士大夫之口。然生平意之所托，以俟百世之知焉者，尤在《志异》一书。夫“志”以“异”

名，不知者谓是虞初、干宝之所著也，否则黄州说鬼，拉杂而漫及之，以资谈噱而已。不然则谓不平之鸣也；即知者，亦谓假神怪以示劝惩焉。而橡村先生相赏之义则不然。谓屈平无所诉其忠，而托之《离骚》《天问》；蒙庄无所话其道，而托之《逍遥游》；史迁无所抒其愤，而托之《货殖》《游侠》；昌黎无所摅其隐，而托之《毛颖》《石鼎联句》。是其为文，皆涉于荒怪，僻而不典，或诙诡特而不经，甚切不免于流俗琐细，嘲笑姗侮，而非其正，而不知其所托者如是，而其所以托者，则固别有在也。

这段话的意思是：蒲松龄名气虽大，但他最看重的是人们如何评价他以一生心血写成的《聊斋志异》。他并非为谈鬼说狐而写，也不仅因不平则鸣，或借鬼神以劝世。只有朱缃把《聊斋志异》放到整个中国文学传统中看待，认为《聊斋志异》跟《离骚》《史记》具有同类价值。这就让蒲松龄有知己难求之感。

可惜的是，蒲松龄这位知心好友享寿不永，三十八岁就去世了。他所抄录的《聊斋志异》在他过世后，被人借去传看，不幸丢失。他的儿子朱宾理又通过淄川张作哲（系蒲松龄墓碑作者张元的儿子），向蒲松龄的子孙借得原稿，出资觅佣抄录，抄了一年多才完成，后来，这部“殿春亭主人”即朱缃之子抄录保存的抄本，成为产生过巨大影响的《铸雪斋抄本》的底本，对《聊斋志

异》的流传产生了很大作用。

蒲松龄的著作除《聊斋志异》外，俚曲成就最突出。

采用淄川方言，描写中下层人民身边事，为人民大众喜闻乐见，是俚曲创作的动机和主要成就。而把聊斋故事通俗化、戏剧化是俚曲的主要创作来源。据张元墓表记载，蒲松龄创作的俚曲是：

一、《墙头记》；

二、《姑妇曲》；

三、《慈悲曲》；

四、《翻魇殃》；

五、《寒森曲》；

六、《琴瑟乐》；

七、《蓬莱宴》；

八、《俊夜叉》；

九、《穷汉词》；

十、《丑俊巴》；

十一、《快曲》；

十二、《禳妒咒》；

十三、《富贵神仙》后变《磨难曲》；

十四、《增补幸云曲》。

由聊斋故事改编的俚曲：

《富贵神仙》后变《磨难曲》，由《张鸿渐》衍化

而来；

《慈悲曲》，由《张诚》衍化而来；

《禳妒咒》，由《江城》衍化而来；

《翻魇殃》，由《仇大娘》衍化而来；

《寒森曲》，由《商三官》和《席方平》发展衍化而来，其中个别情节如冥府惩罚贪官时将他生前贪污的金银化为汤汁灌入口中，又是汲取了《续黄粱》的精华。

其余八种俚曲则分别是这样的内容：

《蓬莱宴》演吴彩鸾写韵书，八仙过海故事；

《增补幸云曲》演明朝武宗皇帝太原嫖妓故事；

《快曲》演曹操败走华容道故事；

《丑俊巴》演潘金莲与猪八戒荡事（该作大约是未完稿）；

《俊夜叉》演赌徒迷途知返故事；

《墙头记》演不孝子虐待老父故事；

《琴瑟乐》演新婚入洞房故事；

《穷汉词》演雇农困苦生活故事。

这些俚曲除《琴瑟乐》和《穷汉词》分别写于作者35岁和37岁时之外，基本写于作者六十岁之后，其中两部最有成就的俚曲《磨难曲》和《墙头记》则肯定写于作者六十五岁之后。

由聊斋故事《张鸿渐》改编的俚曲，先《富贵神仙》，后变《磨难曲》，从题目到内容都说明作家的视线

已经从读书人荣华富贵的迷梦，转移到民众水深火热的生活上来。《磨难曲》开篇就展示了一幅百姓逃亡的惨景，卢龙县遭旱灾，颗粒无收，县官却买通了勘灾官员，匿灾不报。百姓只好外出逃荒。县官按限比较，逼百姓纳粮，当堂打死了秀才范某。卢龙名士张鸿渐代众秀才写状到军门告县官，军门受贿，将秀才打的打，绞的绞，充军的充军……蒲松龄以满腔愤懑漫画式地描绘了从台阁大臣到恶吏的各种官场人物，对于这些骑在人民头上作威作福的家伙，蒲松龄的《聊斋志异》也不曾写得如此触目惊心和细致入微。《磨难曲》还通过张鸿渐的经历揭露了科举制的脓疮。张鸿渐中进士前，受尽窝囊气，恶役可以当他面调戏其妻，张鸿渐中进士做高官后，昔日横行不法的衙役忙登门祝贺，仇家也低头服输。张鸿渐的逃亡经历是磨难，科举制度对知识分子的伤害，是更深一层的磨难。

《墙头记》是个极有趣的故事，也是俚曲中最具有群众性、现实性、最富于历史意义和生命力的作品，至今盛演不衰。它针砭腐朽、虚伪的道德，挖苦不孝老人的忤逆子，充满了喜剧色彩。

聊斋俚曲的语言尤具特色。蒲松龄是个杰出的语言大师，具有兼顾阳春白雪和下里巴人的非凡才能。他既能在《聊斋志异》中熟练地运用先秦以来古籍中古色古香的古汉语语言，又能熟练地运用村翁村妇活生生的口

头语言。俚曲不仅是蒲松龄文学成就的重要组成部分，其语言还成为现代方言调查者极珍贵的资料。更可贵的是，俚曲并非案头之作，它早就搬上了舞台。

蒲松龄为什么要写俚曲？他的儿子清楚记载：在写完《聊斋志异》后，蒲松龄认为这部作品还不能像晨钟暮鼓一样，“参破村庸之迷，而大醒市媪之梦”。出于救世婆心，又“演为通俗杂曲，使街衢里巷之中，见者歌，而闻者亦泣。”

作为一位伟大的作家，蒲松龄成就是多方面的。除了俚曲外，他还著有戏三出：《闹馆》《考词九转货郎儿》《钟妹庆寿》；杂著《日用俗字》《农桑经》《药祟书》《婚嫁全书》《省身语录》《怀刑录》等。这些著作多写于晚年。

老卧篷窗

人过七十古来稀，蒲松龄以七十高龄犹奔波在外。“马上行人无兴寄，斜风冷雨过花村”。他的儿子们各自成家，各谋一馆谋生，每当白发苍苍的父亲从西铺骑马回家，他们扶下坐骑，总以不能孝养老父而惭愧。年年挽留蒲先生的毕韦仲大约也觉得再留下去就不近人情了。于是，康熙四十八年年底，蒲松龄终于撤帐回家，结束了五十年舌耕生涯，回到了“余室大如拳”的聊斋。

聊斋是蒲松龄的书斋，其寓意为何？最容易让人想到的是：“聊斋即聊天之斋”。蒲松龄当然免不了和朋友在书房中谈天说地，谈鬼说狐，与乡民话桑麻。但“聊斋即聊天之斋”的说法却皮相了一点儿。如前所述，蒲松龄为生活所迫，五十年在外坐馆，哪有闲空跟人在家聊天？作为斋名，首先要考虑

“聊”字的含意，它蕴含有“依赖”、“寄托”之意，又有“姑且”之意。对于终生困顿的穷秀才来说，“聊”字无处不在：粗茶淡饭聊以糊口；补破遮寒聊以暖体；舌耕笔耨聊以养家，窄室破墙聊以存身。蒲松龄的聊斋是他鹏飞无望、退而著书、聊以存身、聊以名志的所在。

作为文学家的书斋，当然还要考虑其命名的文学渊源。“聊斋”可能取意于陶渊明的《归去来辞》：“聊乘化以归尽”。耻于为五斗米折腰的陶渊明辞去彭泽令之后，归隐田园，欣喜之至：“登东皋以舒啸，临清流而赋诗，聊乘化以归尽，乐夫天命复奚疑。”顺从大自然的变化，知命安分，消消停停地过日子吧！中年以后的蒲松龄因在科举考试中屡屡飞鸿铩羽，渐有东篱之志，喜爱陶渊明是很自然的。

“聊斋”还可能取意于屈原赋，表达天门不开、怀才不遇的心情。《九歌·湘夫人》：“时不可以骤得，聊逍遥兮容与。”《离骚》乃屈子报国无门的自叙，第八段写去天宫而竟不得进，“聊逍遥以相羊”。

聊斋还可能取意于苏东坡贬黄州姑且言鬼，李贺不得志，“二十心已朽”的姑且吟鬼。

王士祯“姑妄言之姑听之”，可算是对“聊斋”最早的、比较准确的诠释了。

蒲松龄的《斗室》诗写道：他的“聊斋”小到仅可容膝，是土坯建成的茅草房，墙壁已经很旧，房子周围

为丛柏环绕，白天也暗暗的，即使夏天，房子也好像一个凉凉的窟室。他现在成了一个关心农事的老人，每天到田地里看看，回到聊斋摘下斗笠休息，顺手从书架上抽下本书来看一看，就昏昏睡去。醒来时看到日影映照着南窗，竹枝在摇来摇去。为了谋生，这样幽静的房子居然离开了三十年！人老了就恋家了，心境也渐渐变得平和，现在就是有人拿高楼来换他的小小聊斋，他还不换呢！

撤帐归家的蒲松龄心情舒畅安适。生活已经说得过去了，有田可以躬耕，有书可以吟诵，有酒可以陶然一醉。他有了较中年时好得多的物质条件：纳税，由儿子们操持；家务，由老伴操持。到村里走一走，老一代人早已星散，同辈人也渐次凋零，满村都是不认识的年轻人。他们也不认识这个白头老翁，奇怪地说："咦！这白胡子老头儿是谁？"知情者说："这是咱们的三老祖啊！"蒲松龄不禁感叹：真是"儿童相看不相识，笑问客从何处来"！多么好的柳泉山水，为了口腹之累，竟一别几十年！

斋居无事，扫径看竹，听孙读书，到地里看看，也有佣工在干活。这个农工根本是个"惰奴"，乐意在田间地头呼呼大睡。连聊斋老先生走到他身边都不觉得。草鞋枕在脑袋下，鼾声大作。老主人喊他起来，那汉子睡眼迷离地找不到自己的草鞋。好半天才想起来：这不枕

在脑袋底下？蒲松龄笑他的愚钝，气哼哼地想，这样的懒汉真应该让他饿死在沟渠之中！那汉子穿上草鞋，拿了小锄，一边装模作样地干一会儿活，一边担心地看着聊斋先生，蒲松龄说了他几句，自己先笑了起来，大概他缺少这类教训人的本事，随这汉子去吧！他慢悠悠地走回家，喝茶去也！吃饭不发愁了，虽然只有豆角之类的菜可吃，没有鸡鸭鱼肉，更没有山珍海味，心情却挺好。

康熙四十九年（1710 年）春正月，蒲松龄与挚友张笃庆、李希梅被淄川乡民推举为乡饮酒礼的宾介。

乡饮酒礼是古代士大夫向诸侯举贤的礼仪，在清代已成为地方敬贤爱老的一种虚礼，但形式相当隆重。被举为宾、介、耆者，必须是公认的齿德并茂者。郢中三友在这样隆重的乡饮酒礼上聚会，自然感到欣慰。他们抚今思昔，思绪纷纷，想到他们青年时的凌云壮志，如今都变成了镜月水花，谁也没能在科举上出人头地。蒲松龄感慨地赋《张历友、李希梅为乡饮宾介，仆以老生忝陪末座，归作口号》：

忆昔狂歌共夕晨，相期矫首跃龙津。谁知一事无成就，共作白头会上人！

青春结社、指点江山的豪情哪儿去了？俱骋龙光、并驱云路的志向哪儿去了？出将入相、建功立业的理想哪儿去了？拾青紫如拾芥的威风哪儿去了？俱往矣！只

落得三个白头老翁一起享受这点儿小小的荣誉——因为德劭，然而主要还是因为年高!

他是何等的惆怅啊!

就在这一年，蒲松龄成为贡生。对于七十岁的人已不存在进入官场的实际价值。但给蒲松龄带来一点小小的欣慰和实际利益：贡银。邑令却似乎对此事掉以轻心，蒲松龄出贡半年以后，县令既没有按规定给蒲松龄树匾，也没有兑现应给的银子。蒲松龄不得不一再上呈，申诉自己讨旗匾“此乃公典，非望私恩”。并声明，因为天旱少收，他欠了税正等着那几两银子交税呢!

五十岁白了头发，六十岁白了胡子，七十岁的蒲松龄耳朵聋了。跟人说话经常“问马对以羊”，他以“聋而益痴”向县官力辞秀才头儿，“经年不履城市，盖以数里之奔驰为劳；生平未入公门，更以片言之颠倒是惧”。他想超出尘嚣，埋首聊斋，披清风，赏绿竹，听鸟语，观黄花，了此残生了。

可是，当黎民利益受到损害时，这位七十老翁又为之风尘仆仆地奔走呼号了。

淄川的漕粮之弊成为人民的心腹之患。原先，淄川征收漕粮只收正米，每石折合银六钱，此外无杂费，后来，县令易人，米价增至一二分，至康熙四十七年，至一两七钱，康熙四十八年，康利贞任淄川漕粮经承后，妄造杂费名目，每石增至二两一钱多，杂费三倍于正米，

全县黎民咬牙切齿，真是竭百姓之脂膏，饱蠹役之贪囊。山东按察使了解此情后，不让康利贞再任此职。康利贞腰缠万贯而逃。淄川人民刚刚喘过一口气来，不料康利贞在康熙四十九年冬又到淄川招摇过市，扬言已得到王士祯的荐举，明年仍担任淄川漕粮之职。全县为之哗然，每天有五六个秀才到蒲家向蒲松龄述说此事，一则希望他向县令求情，减少今年的杂费，一则希望他为民请命，设法制止康利贞再任此职。蒲松龄果然拍案而起，给县令和王士祯写信，直陈其事。

给县令的信中，他以亲身经历，说明漕粮之外的杂费纯系蠹役榨取人民血汗的借口："小民有尽之血力，纵可取盈，蠹役无底之贪囊，何时填满?"给王士祯的信，则在致问候、叙家常之后直言向退职的大司寇进谏，说明康利贞的劣行，请求"康役果然门人之纪纲，请谕吴公别加青目，勿使复司漕政"。这句话的意思是：如果康利贞果然与您的门人有关（这是客气地给王士祯留面子，不说与王自己有关），请写信告诉吴县令，另外给他一个职务，千万不要让他再担任这个职务。王士祯从善如流，立即撤销了对康的支持，康利贞不得不另寻靠山，找到退职在家的谭再生进士支持。蒲松龄穷追不舍，马上再致信谭进士，劝他对吃人肉不忘其美的蠹役"勿使为虎"。这件事充分显示了蒲松龄对人民利益的关心和正直为人。

康熙五十二年（1713 年），蒲家庄建龙王庙，蒲松龄率子侄在柳泉边种下了二十几棵线柳，时过二百余年，这些柳树虽然有的已经岁久中空，却仍然摇曳着浓绿的树荫。这类建积贮社、募捐建桥、修寺盖庙、造福乡亲的善举是聊斋先生晚年喜欢做的事。

这年九月，江南画家朱湘鳞来到淄川，蒲筠把他请到家中，为七十四岁的老父亲画像。蒲松龄应儿子的请求穿上了“公服”，右手拈须，端坐椅上，“双目炯炯岩下电，庞眉大耳衬赤面”。偶然到淄川的画家，为全世界留下了天才作家的唯一留影。

老年的蒲松龄生活颇为闲适，老妻贤，总揽家事；长男孝，颇通文墨。自己齿牙摇落，耳朵重听，但世事阅尽，反而感到心胸像海天那样宽广。

令人难过的事也渐渐多了。康熙五十年（1711 年），王士祯病逝。蒲松龄十分悲痛，写祭文、悼诗，真诚悼念这位杰出的文学大师。蒲松龄敬重王士祯，因为他穷途著书时，王士祯给了精神慰藉和支持。但是，身为正统文人和朝廷命官的王士祯毕竟与鬼狐史作家保持了一定的距离。他虽然曾客气地表示“固愿附不朽”，表示可以考虑替《聊斋志异》写序，却一直没有动笔，而他是十分喜欢为人的诗集、文集写序的。在他自己手订的集子中，大概出于“人微言轻”的考虑，也没有收进他与蒲秀才的通信。现在替王士祯常出风头的，倒是那首

《戏题蒲生〈聊斋志异〉卷后》。这大约是两位不同身份的文坛巨匠自己都始料未及的。历史，是何等喜欢巧妙地嘲弄人啊！

刚刚在儿孙绕膝的宁静家庭生活中过了几年，蒲松龄便受到他晚年的最大打击：刘氏于康熙五十二年秋离他而去。

这年的中秋节，刘氏还与子女们笑语欢宴，第二天就病了，发烧，医生给用了寒凉之药，烧得越发厉害了。刘氏说："世间净是些庸医，没有什么用处。只是让自己多吃苦，你们不要再熬药了！"让儿子们准备装裹衣服。她在二十六日时还能处理家事，到了晚上，突然吩咐儿子们把她的殉衣拿来，说："我走了，别没有什么嘱咐的，就是不要做佛事。"说罢就平静地咽了气。

早在十年前，刘氏就催促蒲松龄准备二人的墓地，有一个卖柏木棺的，蒲松龄买了下来，而且说："咱们两个谁先走，这棺材就归谁。"刘氏笑道："这好像是给我准备的，只不过不知道具体日子。"刘氏身故后，诸事俱备，葬仪倒也风光，比起当年为老母借钱办葬礼的尴尬局面，毕竟还是令蒲松龄宽慰。

伉俪情深的蒲松龄一生倚仗这位贤内助。刘氏贤惠知礼，替游学在外的丈夫孝敬公婆，抚养子女，她守拙安贫，年轻时因为纺绩劳损，年老后肩膀疼痛，仍然不放弃织布纺线。家里只有在招待客人时才肯做点儿鱼肉。

她克己而奉人，蒲家的兄弟都穷，向她借钱，从来不指望归还，而且说："我常帮助人，而不乞求人的帮助，这是我的幸事。"她善于理家，使蒲家的日子渐至小康。她对人生有淡泊安详的观点，常给失意的丈夫以乐观的慰藉。蒲松龄怎么也没想到，比他小三岁的妻子竟然先他而去了！

"五十六年琴瑟好，不图此夕顿离分"，蒲松龄酸心刺骨，写了《悼内》诗和散文《述刘氏行实》，他深情缅怀刘氏的音容笑貌，德言懿行，他尤其难以忘怀的是，在漫长的人生岁月中，刘氏任劳任怨，相夫教子，勤苦理家。这些诗文为后世留下了一位普通平民女性的身世，也留下研究了解伟大作家生平的第一手资料。

刘氏去世次年，蒲松龄有《过墓作》诗二首，声声泪地告慰老伴：你是最怕寂寞的，独自睡在这荆榛之地，怎么受得了？幸好有喜欢你的公公婆婆和你做伴，不久，我也会随你而来，共度晨昏，永不离分了。

刘氏去世后，蒲松龄倍感苍凉。他的《雪夜布被》写道：雪夜独自卧在薄薄的布被里难以入睡。被子太薄，为了保暖，衣服也压在被上，冷气透过纸窗，屋子里冰冷冰冷，两腿时伸时屈，还是暖和不过来，干脆，把膝盖抱到怀里取暖。脑袋像枕着石头一样，腿被冻得经常抽筋，像鳏鱼一样，怎么睡不着，难道是因为喝了茶的缘故？那就起来挑灯读一段《南史》吧。

蒲松龄最爱几个小孙子。天不作美，可怜的孩子患了天花，相继夭亡，一门之中，哭声满耳，更让他了无生趣。康熙五十四年除夕，他做绝句一首：

三百余辰又一周，团圆笑语绕炉头。朝来不解缘何事，对酒无欢只欲愁。

康熙五十四年（1715 年）元旦，蒲松龄自课一卦，不吉，神情黯然。正月初五，是他父亲的祭日，蒲松龄带领儿孙往祖坟祭奠。这一天，朔风怒号，天气阴冷，年迈的蒲松龄扫墓归来，就觉不适，好像感冒。次日，出了一身汗，稍好一点儿，又开始胁痛，咳嗽、气喘，蒲箬等人忙请医生来治，服药后，胁痛消失了。医者很有信心地说："好好保养一段，老人家很快就好了。"蒲松龄的饭量却从此大减。至上元节，他把弟弟鹤龄请来，老兄弟连床，作团圆之会。他一如既往地起床、梳洗、用饭，上厕所也坚持自己去，儿孙辈要扶他，他仍以萦裙掣肘为嫌。

康熙五十四年（1715 年）正月二十二日，对于蒲家是个不幸的日子。早晨，蒲鹤龄去世，酉时，蒲松龄依窗危坐而卒。

神州文坛一颗璀璨的明星陨落了。

弥留之际自言：适至一处，内悬一匾，书"黄桑驿"，入视之，一望无际，仅寥寥数屋，大约这就是我们蒲家兄弟最后的归宿了。笃于兄弟情谊的蒲松龄做悼兄

诗二首，他真诚地相信二兄柏龄在迷离恍惚中的谵语，认为鬓发苍苍的老兄弟们地下常聚的日子已经不远："黄桑驿里如相见，别日无多聚日长"，"驿中如许闲田地，烦构三楹待卯君（蒲松龄自己代称）"。

世界短篇小说之王蒲松龄，以七十五岁高龄，寿终正寝。他的杰作《聊斋志异》却有着永恒的生命力。

三个世纪过去了，《聊斋志异》以非凡的艺术魅力，风行海内外。

因为家境贫寒，蒲松龄生前无力梓行"鬼狐史"。《聊斋志异》以手抄本形式流传，乾隆三十一年（1766年），莱阳人赵起杲在任浙江睦州时，以抄本编刻，收文四百二十五篇，出现了"青柯亭刻本"。

现存较重要的聊斋版本主要是：

1948年在辽西发现的半部手稿，1955年北京古籍刊行社影印出版。全书四百页，分四册，除三篇序文外，收二百三十七篇，这是作者的定稿、手稿本，是最有价值的版本。

铸雪斋抄本，抄于乾隆年间，底本为前述"殿春亭主人本"，分十二卷，四百八十篇，该本底本既从作者家中所存手稿抄录，在手稿本仅存半部的情况下，其价值当然值得充分肯定。该抄本于1974年由上海人民出版社影印出版。

二十四卷抄本，抄于乾隆十五年（1750 年），收四百七十四篇，存于山东省图书馆。1981 年山东齐鲁书社影印出版。此本较铸雪斋本多出《放蝶》《夏雪》等重要篇章，较多地保留了原本风貌。

残本或合本。山东省图书馆和山东博物馆各收藏一函，合为八卷，收二百七十一篇。这是聊斋现存最早的抄本（约抄于康熙四十七年），以八卷形式抄成，与蒲松龄墓表所载聊斋是八卷本更接近。

《异史》，早期抄本，全书分六卷、十二册，收四百八十五篇。安徽文艺出版社 1996 年出版。

《聊斋志异》排印本最有影响的，是 1962 年上海中华书局出版的“三会本”，即会校会注会评本，张友鹤辑校，收录了王士祯、何守奇、但明伦、冯镇峦评、吕湛恩、何垠注，共十二卷，收五百零三篇，为流行最广的本子。

青柯亭刻本的出现，使得聊斋立时盛行，而模仿者渐起：沈起凤的《谐铎》，和邦额的《夜谭随录》，浩歌子的《萤窗异草》，袁枚的《新齐谐》，管世灏的《影谈》，冯起凤的《昔柳摭谈》，宣鼎的《夜雨秋灯录》，大都是模仿《聊斋》的作品，而其“孤愤”之旨尽失，既缺乏思想深度也缺乏艺术独创性。

乾隆末，出现了有意与《聊斋》唱对台戏的《阅微草堂笔记》，著者纪昀，字晓岚，官至礼部尚书，是《四

库全书》主纂。他是个博辨宏通的学者，却对《聊斋》有成见，否定其以传奇法志怪的创造性贡献，他说："小说既述见闻，不比戏场关目，随意装点……今燕昵之词，媟狎之态，细微曲折，摹绘如生，使出自言，似无此理，使出作者言，则何从闻见之？"

偏见比谬误离真理更远。纪昀认为的缺点，"描写委曲"（鲁迅语）的表现手法和出类拔萃的人情世态、成功的心理描写，恰好是《聊斋》最突出的艺术成就。纪昀按照这样的观点创作的《阅微草堂笔记》，努力模仿《世说新语》的简淡、质朴，固然不乏佳作，却终于因为缺少小说特点和说教气味太浓，难以与《聊斋》争衡。

《聊斋志异》不仅鹤立鸡群，成为中国古代志怪小说的集大成者，而且接纳诸流，使中国短篇小说的艺术水平达到了空前高度。《聊斋志异》不仅是清初文坛的奇葩，而且跟《诗经》《楚辞》、李杜诗、东坡稼轩词、《红楼梦》一起，构成中国文学史上绵延不断的艺术高峰。

《聊斋志异》不仅是中国文学的骄傲，而且是世界文库的东方瑰宝。欧美文学的短篇小说创作高峰在 19 世纪，英才辈出的，是以莫泊桑为代表的法国，以契诃夫为代表的俄国，以纳撒尼尔·霍桑、马克·吐温、欧·亨利为代表的美国。而蒲松龄比他们早两个世纪。当美洲流浪汉欧·亨利开始他的创作生涯时，美国传教士卫三畏已经于 1848 年在《中国总论》发表了《种梨》和

《骂鸭》的译文。这是《聊斋志异》最早的外文译文。到1995年止，《聊斋志异》有英、法、德、日、俄、意大利、西班牙、挪威、瑞典、捷克、匈牙利、罗马尼亚、保加利亚、越南、朝鲜等十八种外文译本。

世界各大百科全书都郑重介绍这本奇书：

《大英百科全书》称它“继承了中国古代散文的传统，富有浪漫主义色彩”；

《法兰西大百科全书》称“《聊斋志异》的文学语言是卓越的，有力的，达到了中国古典散文的高峰”。

《日本大百科事典》称它“描绘幻境冥界与人间社会的错综，鬼怪与世人感情的交流，它的文字简洁、清新，是中国志怪文学的杰作”……

《聊斋志异》成为世界人民了解中国封建社会的一幅图画，被推崇为汉语世界的“天方夜谭”，甚至泽及他邦，影响了他国文学的发展，日本明治十六年出版的菊地三溪的《本朝虞初新志》即是模仿《聊斋志异》的作品……

欧美，苏联，日本……不同肤色、不同信仰的学者以《聊斋志异》为题撰写并获得博士学位者更是纷至沓来，不可胜数。

当然，最能理解和欣赏《聊斋志异》的，自然是聊斋先生的同胞。《聊斋志异》虽为文言，却在中国家喻户晓、妇孺皆知，全国各地的书店、书亭、书摊，何处无

聊斋？尔今世界，从南极到北极都有华人在。凡有华人的地方，就有《聊斋志异》。可以毫不夸张地说：全世界每一分钟都有人在听贝多芬的《命运》，全世界每一分钟也都有人通过《聊斋志异》了解中国古代普通百姓的命运。

康熙十八年，在子夜荧荧、灯昏欲蕊中萧萧瑟瑟地写《聊斋自志》的蒲秀才曾感叹他的写作生涯如吊月秋虫、经霜寒雀，期待“知我者，其在青林黑塞间乎？”现在可以回答了：聊斋先生的知音世代不绝，聊斋先生的知音在五洲四海。

“他日勋名上麟阁，风规雅似郭汾阳。”封建时代读书人出将入相的理想，在穷秀才蒲松龄终成泡影；以灿烂的中华文化哺育起来并成为神州文化的杰出代表的文学家蒲松龄却光芒四射。历史毕竟是公正的。

附录：主要参考书目

《蒲松龄集》，路大荒整理，中华书局上海编辑所1962年版。

《聊斋志异》，手稿本，1955年古籍刊行社出版。

《聊斋志异》，二十四卷抄本，齐鲁书社1981年出版。

《聊斋志异》，铸雪斋抄本，上海人民出版社1974年出版。

《聊斋志异》，三会本，1962年上海中华书局出版。

《蒲松龄年谱》，路大荒著，齐鲁书社1980年出版。

《聊斋诗词选注》，殷孟伦、袁世硕选注，齐鲁书社1983年出版。

《蒲松龄生平著述丛考》，袁世硕著，齐

鲁书社 1989 年出版。

《清史稿》，中华书局排印本。

《清史列传》，中华书局排印本。

《清史》，戴逸主编　人民出版社 1980 年出版。

《山东通志》，雍正修、乾隆刻 36 卷。

《淄川县志》，乾隆四十一年 10 卷本。

《济南府志》，道光二十年 72 卷本。

《宝应县志》，康熙二十九年 24 卷本。

《扬州府志》，康熙十四年 40 卷本。

《淄川县丰泉乡王氏世系》，（清）刻本。

《淄川毕氏传志》，毕自严著（清）抄本。

《晋游日记略稿》，毕际有著，蒲松龄评点，手稿本。

《淄川毕氏古屏记》，毕盛钰者，（清）抄本。

《昆仑山房集》，张笃庆著，（清）抄本。

《张历友自撰年谱》，（厚斋年谱）手稿本，存山东省图书馆。

《笠山诗选》，孙蕙著，（清）刻本。

《志壑堂集》，唐梦赉著，（清）刻本。

《云根清壑山房诗集》，朱缃著，（清）朱氏家刻本。

《观稼楼诗集》，朱缃著，（清）朱氏家刻本。

《枫香集》，朱缃著，（清）朱氏家刻本。

《敦好堂集》，袁藩著，（清）抄本。

《渔洋山人自撰年谱》，王士祯著，康熙红豆斋刊本。

《王渔洋画像题诗集》，（清）抄本。